Inverso

Karen Alvares

1ª edição

Editora Draco

São Paulo

2015

Karen Alvares
Conta histórias para o papel há tanto tempo que nem lembra quando começou. Autora do romance *Alameda dos Pesadelos* (2014) e organizadora de *Piratas* (2015), foi também publicada em revistas e antologias de contos, como *Dragões* (2012) e *Meu Amor é um Sobrevivente* (2013), e premiada em concursos literários nacionais. Apaixonada por mundos fantásticos, histórias de terror, chocolate e gatinhos, vive em Santos/SP com o marido e cria histórias enquanto pedala sua bicicleta pela cidade.
Blog papelepalavras.wordpress.com Twitter e Instagram @karen_alvares

Publisher: Erick Santos Cardoso
Edição: Ana Lúcia Merege
Produção editorial: Janaina Chervezan
Capa: Ericksama (sobre imagem "Beautiful girl lies on the floor in water near the mirror" de Bigstock)

Dados Internacionais de Catalogação na Publicação (CIP)
Ana Lúcia Merege 4667/CRB7

A 473

Alvares, Karen
Inverso / Karen Alvares. – São Paulo : Draco, 2015.

ISBN 978-85-8243-145-0

1. Ficção brasileira I. Título II. Série

CDD 028.5

Índices para catálogo sistemático:
1. Ficção : Literatura brasileira 869.93

1ª edição, 2015

Editora Draco
R. César Beccaria, 27 – casa 1
Jd. da Glória – São Paulo – SP
CEP 01547-060
editoradraco@gmail.com
www.editoradraco.com
www.facebook.com/editoradraco
Twitter e Instagram: @editoradraco

Inverso

Para meu pai, meu melhor amigo.

CAPÍTULO UM – MUDANÇA

Megan não queria realmente se mudar, mas também não queria magoar o pai.

As paredes nuas e muito brancas do apartamento davam uma sensação desconfortável de vazio e silêncio. Não era culpa do lugar em si, já que Megan sentira a mesma coisa em todos os outros imóveis que visitara com o pai e a irmã. O apartamento novo não tinha nada de errado; na verdade, até que era bem legal. Ele só não tinha a sinfonia de um lar.

Os barulhos, os cheiros, as lembranças.

Tudo era novo. E branco.

Mas essa *sinfonia*, como Megan gostava de pensar, também deixara sua casa. O outro apartamento ainda era um lar, mas não era o mesmo e jamais seria.

Isso fora quatro anos antes.

– E então, meninas? Gostaram?

Renato olhou para as filhas – Megan, a mais velha, e a pequena Minako, ou Mina, como todo mundo a chamava –, com uma ansiedade evidente nos olhos escuros e cansados. Megan deixou que a irmã falasse primeiro. Estava bem claro que a felicidade de Mina era genuína, como deve ser a felicidade das crianças de sete anos.

– Eu gostei, pai! Gostei muito!

O pai sorriu, um pouco mais aliviado, mas logo voltou sua atenção para Megan, disfarçando muito mal seu nervosismo; as mãos torciam-se uma na outra e o sorriso denunciava o desconforto. A garota sabia que o pai *precisava* de sua aprovação. Agora ela era a mulher da família, apesar de ser apenas uma adolescente.

Megan cruzou os braços, desconfortável; era como ocupar o lugar da mãe, um lugar que não lhe pertencia. Ela só conseguia imaginar o que Marina diria nessas situações e não achava que fazia um bom trabalho na tentativa.

– E você, Megan? Gostou?

– Claro, pai – a garota disse, forçando entusiasmo na voz, mesmo com aquele remorso amargo subindo à garganta por não ser completamente honesta. Ela sabia que nenhum lugar a faria feliz de verdade, não importava se fosse esse apartamento ou qualquer outro, ou até uma casa. – Adorei.

Agora sim, seu pai parecia aliviado de verdade. Ela tinha sorte por ele não ser muito perspicaz nas nuances de sentimentos. Sua mãe logo notaria que Megan não estava sendo sincera.

– Isso é ótimo! – ele disse, com um sorriso que a garota não via desde muito tempo.

Aquilo lhe deu a sensação de ter feito a coisa certa ao não ser tão franca quanto gostaria. Ele caminhou pela sala vazia, seus sapatos fazendo barulho no piso de madeira. Megan os observou, e seus pensamentos viajaram para longe; os sapatos precisavam ser lustrados ou, melhor ainda, ele precisava de sapatos novos.

Ela sabia que o pai evitava comprar coisas para si mesmo. Era tudo para ela e Mina, especialmente agora que eram só os três. Megan teria que ela mesma comprá-los, como sua mãe faria.

– Esse lugar – o pai continuou – vai ser muito bom pra nós, vocês vão ver. Deveríamos ter feito isso há... anos... Vocês sabem... – ele hesitou. – Eu sinto muito.

– Pai, nós não tínhamos dinheiro na época – Megan se apressou em dizer. – Todas aquelas despesas que surgiram... A gente tinha um montão de contas para pagar.

– Eu sei, mas... – ele não terminou a frase. Ao invés disso, resolveu mudar de assunto. – Tem três quartos, um quarto pra cada uma de vocês!

Mina finalmente abriu a boca.

– Mas eu gosto de dormir junto com a Megan.

Ela fez um biquinho, contrariada, algo tão infantil que Megan deixou escapar uma risada.

– Mas Megan já tem quatorze anos, filhota. Tá quase fazendo quinze! Tenho certeza que ela quer um pouquinho de privacidade, não?

Mina cruzou os braços, soltando um "humpt". Megan achava legal a ideia de um quarto só para ela, claro, mas não fazia assim tanta questão. Além disso, estava tão acostumada a dividir o quarto com Mina que não achava que faria tanta diferença. Para tentar animar a irmã, disse:

– A gente pode bater nas paredes pra falar uma com a outra. Que nem nos filmes. Tipo um código Morse de irmãs. Vai ser legal, não acha?

Mina continuou de braços cruzados, mas Megan conseguiu roubar um sorriso da menina.

Eles continuaram andando pelo apartamento, conversando sobre ideias do que fazer com as paredes (Mina queria as suas coloridas, com passarinhos e borboletas) e onde colocar os móveis. Nem todos caberiam ali, de maneira que teriam que se livrar de algumas coisas, algo que evitavam fazer havia anos. Apesar de o apartamento ser maior em número de cômodos, o quarto que pertenceria ao seu pai e a sala eram um pouco menores. Enquanto Mina estava ocupada examinando seu novo quarto e decidindo onde iriam morar seus bichinhos de pelúcia, Renato se aproximou de Megan.

– Eu posso mandar remover as telas do nosso antigo apartamento para colocar nessas janelas. Ou colocaremos novas.

– Alanis vai gostar disso – Megan respondeu, referindo-se à gata da família, que era mais de Mina do que de qualquer um deles. Ela sabia que não era exatamente isso que o pai queria dizer ou teria falado na frente de Mina, então esperou.

– Megan... Eu queria te pedir um favor, filha.

Ela observou o rosto do pai, esperando. Ele estava novamente pouco à vontade.

– Filha, eu preciso limpar as coisas da sua mãe lá do nosso antigo quarto. Evitei isso por quatro anos, mas agora não tem jeito. Sei que é um trabalho triste, mas só posso pedir a você.

Ele olhou para Mina, ainda distraída planejando seu novo quarto.

De certa maneira, Megan estava aliviada. Aquilo não era de todo um problema, apesar de ser mesmo triste. Pensava que o pai comentaria algo sobre a escola. Eles viviam reclamando sobre Megan: seu comportamento, suas roupas e sua aparência "fora do comum", como adorava frisar a coordenadora pedagógica. Megan a apelidou mentalmente de Playmobil, porque ela tinha um cabelo loiro cortado em cuia, o que deixava sua cabeça gigantesca. Às vezes ela colocava tanto gel que dava a impressão de que não era cabelo de verdade, mas sim uma peruca: a peruca do Playmobil. Megan várias vezes se sentiu tentada a puxá-la, só pra ver se ela saía e encaixava como a do boneco. Chegou a contar o apelido para o pai, mas ele não aprovava – apesar de deixar escapar um sorriso quando a filha dizia isso; nem seu pai suportava a mulher. Quem adorava a piada era Daniel, seu melhor amigo. Ele costumava dizer que ela deveria espalhá-la, que faria sucesso na sala, mas Megan respondia que se os babacas da sua classe achassem algo que ela disse engraçado, automaticamente aquilo perderia a graça.

A escola, a família, todos achavam Megan uma desajustada que só queria chamar atenção. Mina achava divertido o jeito da irmã, principalmente seu cabelo preto com mechas roxas – na verdade, tantas mechas que pouco se via o preto. Já o pai não reclamava; Renato fazia o que podia para ser um bom pai, o que devia ser difícil (ele vivia lendo livros para pais solteiros), e dava espaço para as filhas serem o que tivessem vontade, desde que isso não as prejudicasse. Ele costumava dizer que se a tintura não penetrasse no cérebro e interferisse nas suas notas, Megan poderia continuar pintando os cabelos da cor que quisesse, até de laranja ou verde limão. É claro que ele ouvia muito da família por isso, principalmente da vovó Helena, sua mãe. Ela gostava de dizer que Megan parecia uma "árvore de Natal" e que "viraria lésbica se Renato não desse um jeito para que fosse mais feminina".

Megan não entendia por que raios ser homossexual poderia ser um problema, muito menos como ela poderia "ser mais feminina". O que diabos significava isso, afinal? Trocar de brincos?!

Mas a resposta do pai sempre a fazia rir: Renato dizia que não se importaria se Megan arrumasse uma namorada, bem melhor do que um marmanjo "4 x 4" andando por aí com sua garotinha.

A verdade era que Megan gostava sim de garotos, apesar de não estar apaixonada por nenhum, mas não dizia isso à avó, obviamente. Na verdade, comentava várias vezes sobre meninas bonitas perto de Dona Helena, só para vê-la ficar vermelha de nervoso e espumar pela boca. Isso fazia Mina rir até chorar. O único problema era que seu pai ouvia um monte de bobagem depois disso.

Renato ainda observava Mina, e Megan também manteve seu olhar na irmã ao responder:

– Tudo bem, pai. Não me importo de ajudá-lo a limpar, mesmo. São as lembranças da minha mãe e quero mesmo dar uma olhada nelas, separar algumas coisas para mim, outras para Mina. Não gostaria que fizesse isso sozinho.

O pai sorriu e a abraçou. Seus olhos estavam brilhantes de lágrimas. Megan não comentou, sabia que o pai preferia escondê-las.

– Obrigado, filhota.

– Pai, mas e aquele espelho enorme que tem no quarto de vocês... quer dizer, no seu quarto? Não tem cara de que vai caber no quarto novo.

Renato tornou-se pensativo por longos instantes. Ele franzia as sobrancelhas e estreitava os olhos quando fazia isso, deixando-os ainda menores, o que lhe dava um aspecto sonolento.

– A gente pode até tentar tirar da parede, mas tenho certeza de que não vai sair. Qualquer coisa fica lá pro próximo morador do apartamento.

– Mas é um espelho bem legal, pai.

– Nós não vamos trazê-lo, Megan – o pai disse ríspido.

A garota não respondeu, surpresa com a voz subitamente dura do pai. Renato pareceu perceber, porque coçou a cabeça e ia começar a dizer algo quando Mina apareceu.

– Ei, eu quero abraço! – a menina interrompeu a conversa, abraçando as pernas do pai e da irmã. – A mamãe tá aqui com a gente também? – perguntou com doçura; chamava Renato apenas de "pai" havia muito tempo, mas ainda não tinha largado o costume de se referir à mãe falecida como "mamãe".

– Sim – o pai respondeu convicto, novamente com o tom amável de antes. Talvez Megan apenas tivesse imaginado coisas. – Ela está.

*

– Pronto. Um pão de queijo e um chocolate quente, Cabelo de Fanta Uva.

Megan revirou os olhos e deu uma mordida no salgado enquanto Daniel se sentava à sua frente. Lá estava ele com seus dois mistinhos, um pão de batata recheado e um copão de refrigerante. Eram só dez da manhã e ele provavelmente já tinha tomado café da manhã em casa. Reforçado.

– Isso mata – Megan comentou divertida.

– O que não mata, engorda – ele disse de boca cheia.

– Você não engorda. Então mata.

– Tu fala isso todo dia.

– Mas é verdade. Refrigerante a essa hora do dia?

– Só porque você decidiu ou fez promessa ou sei lá o que de não tomar refrigerante, os outros podem continuar a gostar da bebida, oras.

– Eu tô de dieta. E ainda é de manhã!

– Não sei de onde você tirou essa regra.

– Como você não engorda?

Ele deu de ombros, terminando o primeiro mistinho com duas ou três mordidas. Enfiou um monte de refrigerante goela abaixo e disse:

– Tô em fase de crescimento.

– Não vou mais te convidar pra almoçar lá em casa. Você dá prejuízo.

De repente ele fechou a cara. Tomou mais dois goles de refrigerante e arrotou. Ele não se importava de arrotar na frente de Megan, apesar de não fazer isso na frente de qualquer outra garota. Costumava dizer que Megan era privilegiada por poder apreciar esse lado superatraente dele. Não que isso o ajudasse com as garotas: se havia algo que os dois compartilhavam era o fracasso no fantástico mundo romântico adolescente.

– Tu é uma chata. Não vou mais almoçar na sua casa porque você vai se mudar e me abandonar nesse mundo cruel.

– Dramático – ela resmungou, tomando um grande gole do chocolate. – Não vou deixar a escola, só vou me mudar. Não é grande coisa.

Na verdade era sim, e Megan pensava nisso todos os dias. Não fazia sentido, mas mudar a incomodava. Parecia que estava deixando algo para trás. Algo importante. Ela só ainda não descobrira o quê exatamente.

– Quer ajuda? – Daniel perguntou de repente.

– Ajuda no quê? Na mudança?

– Ah, também... Apesar de isso ser uma baita traição ao nosso movimento – ele resmungou. – Mas não, digo, para a... tarefa de hoje.

Megan tinha contado mais cedo para Daniel sobre a limpeza do quarto de seus pais. Ela e o pai tinham combinado de manhã cedo no carro, a caminho da escola, que fariam isso naquele dia, pois Mina tinha o curso de inglês e natação até mais tarde. Era o único dia da semana que era possível mexer no quarto sem Mina pela casa, e eles não queriam que ela ficasse triste também.

– Não, Daniel... Não precisa. É meio que... tarefa de pai e filha, sabe?

– Tudo bem, então – ele enfiou mais mistinho para dentro.

Três garotas passaram atrás dele, dando risadinhas. De deboche, Megan tinha certeza. Uma delas apontou para Megan, fez um "oh" e caiu na risada. Babaca. Daniel olhou para trás quando Megan soltou um "muuuu" longo e ligeiramente alto. Elas riram de novo quando perceberam que Daniel olhou para elas, e então Megan não sabia dizer se era de deboche ou outra coisa.

Essa era uma dúvida eterna em sua cabeça. Por um lado, Daniel era meio porco, bastante *nerd*, o cara mais estudioso da sala e, pior, andava com Megan, a esquisita. Por outro, ele até que era bonitinho, estava ficando muito alto (até parecia que alguém estava esticando o moleque) e costumava atrair vários olhares, principalmente fora da escola, onde não o conheciam. Então ele meio que estava no purgatório do ensino médio. Nem lá, nem cá.

Talvez Megan estivesse fracassando sozinha no fantástico mundo romântico adolescente. Grande coisa.

Ela ficava feliz que Daniel ainda andasse com ela, mesmo que Megan com certeza diminuísse sua chance com as garotas. Também era legal que ele, no fundo, não achasse isso um problema, apesar de reclamar às vezes da sua falta de sorte. Eles eram amigos desde a segunda série, e Daniel passou por todo o "Período das Trevas" junto com Megan. Como era praticamente seu vizinho (ele morava a umas duas quadras, por isso estava resmungando contra a mudança), ele também passava muito tempo em sua casa.

Daniel fora um grande amigo naquela época horrível e até olhava Mina quando Megan tinha que sair correndo com o pai por causa de alguma emergência com a mãe. Ela passava muito mais tempo no hospital naquela época do que uma criança de dez anos deveria. Quando sua mãe foi diagnosticada como terminal, alguns dos funcionários do hospital sentiam pena e deixavam que Megan ficasse por lá, às escondidas. Na maior parte das vezes, ela ficava apenas algumas horas para que seu pai pudesse ir para casa tomar banho, mudar de roupa e comer. Sua avó Helena e sua mãe não se davam nada bem; sua avó nunca perdoara a nora por não vir de uma família japonesa. Ela não movia um dedo para ajudar e ainda reclamava que o filho estava exausto. No final, Marina foi transferida para casa. *Para morrer*. Não havia mais nada a ser feito e morrer em casa era um desejo seu. Os arranjos foram difíceis e dolorosos, fora preciso até mesmo um advogado – um amigo do seu pai, vizinho no prédio comercial onde ele trabalhava, que o ajudou com a burocracia – mas conseguiram transferi-la. Ela se foi três dias depois disso. Megan viu quando o coração de sua mãe parou de bater e estava lá para abraçar o pai quando ele chorou em seu ombro como uma criança.

– Megan?

– Opa, foi mal – ela disse, tomando o último gole do chocolate quente. Não estava mais tão gostoso quanto no começo.

– Eu te perguntei quando você vai mudar.

– Hum... não sei ainda. Meu pai tá tratando da compra e venda e tal... – deu de ombros, tentando não dar muita importância. – Isso pode demorar, não?

Ela fez a pergunta pedindo e dando esperanças. Queria que Daniel dissesse que sim, iria demorar. Ele também parecia querer isso.

– Um tio meu comprou uma casa no ano passado. Acho que demorou. Sei lá.

– De qualquer jeito, quando eu me mudar, você vai poder me visitar. Você pode ir de bicicleta, nem é longe.

– É, eu sei. E vai ser melhor pra vocês, não é? E pra você?

Ele parecia querer uma resposta cheia de esperança, então, mais uma vez, Megan decidiu guardar para si suas dúvidas.

– Sim, vai ser. Eu acho. Vai sim.

As duas aulas depois do intervalo foram de pura e simples tortura. Biologia, com a professora mais chata da face da Terra e provavelmente uma das que mais detestavam Megan naquela escola. Parecia até um problema cármico ou algo assim. Uma vez Daniel sugeriu que Megan só podia ter assassinado a mulher em outra vida. Quando a Dona Tanajura entrou balançando seu traseiro enorme de formiga saúva na frente da sala, Megan já se encolheu na carteira, tentando se esconder atrás de Daniel. Às vezes funcionava.

Para o descontentamento da garota, a tentativa não deu certo. Dona Tanajura fez questão de fazer três perguntas para Megan na frente da sala inteira. Ela até sabia a resposta de uma ou outra, mas parecia sadicamente divertido fingir que não sabia. Aliás, não fazia muita diferença para ela como as células se reproduziam, contanto que elas um dia morressem. O problema era quando resolviam ser rebeldes e se tornavam aberrações, insistindo em permanecer vivas. De fato, Megan realmente disse isso na frente da sala quando Dona Tanajura fez uma pergunta particularmente difícil. A sala inteira riu (ninguém gostava muito de Megan, mas gostavam menos ainda da professora). Dona Tanajura disse que Megan fora grosseira e mandou que ela fosse até a sala da coordenadora levando um bilhete seu.

– Ótimo. Ótimo. Ótimo – Megan resmungou enquanto caminhava como uma lesma até a sala da Playmobil.

Depois de muito sermão, enjoo pós-inalação excessiva de laquê, três copos d'água e um bilhete para seu pai assinar, Megan deixou o lugar. Não voltou para a sala de aula. Enfiou-se no banheiro e xingou alto porque esquecera o celular na classe. Acabou por se sentar numa privada e ficou lendo as pichações na porta, inventando histórias sobre elas e toda sorte de xingamentos para a Dona Tanajura até que deu a hora da saída. Quando deixou o banheiro, Daniel a esperava com duas mochilas nas costas, uma em cada ombro.

– Ei, valeu – ela disse, puxando sua mochila para aliviar o peso do garoto. Daniel respondeu com um resmungo e começou a andar. Megan o seguiu e cutucou-o no ombro, mas já sabia muito bem qual era o problema. – Que foi?

– Que foi? Que foi? – ele tinha aquele tom de voz justificado, como sempre ficava quando achava que estava com a razão. – Tu não voltou mais pra aula. E eu já te falei pra tomar mais cuidado com o que fala pra professora Sandra. Fica se metendo em problemas sem necessidade, poxa. E você perdeu uma ótima aula de literatura depois.

– Não aguento mais Camões. Se eu ouvir mais um verso dos Lusíadas, juro que vou vomitar.

Daniel suspirou.

– Você não pode continuar perdendo aulas, Megan. E quanto às suas notas?

– Minhas notas vão muito bem, obrigada. Eu vi um 9 de matemática e um 8,5 de português tomando cafezinho na padaria semana passada.

Daniel resmungou genuinamente irritado. As notas de Megan eram como o peso dele: não variavam. Por mais que ele comesse, continuava magricelo. Por mais que Megan bolasse aulas, continuava tirando notas boas. Na verdade, ela não estava matando aula, as aulas é que não eram suficientemente boas para ela (Daniel queria morrer quando ela soltava essa pérola, por isso mesmo Megan dizia aquilo com frequência). Tirar notas altas era a única parte legal da escola. Ela também vivia dizendo que era um gênio incompreendido, só para irritá-lo, e ele ficava realmente nervoso. Daniel estudava muito, pra valer mesmo, muito mais que qualquer garoto ou garota da sala. Ele sempre alcançava Megan ou passava dela, mas ficava irritado porque precisava de muito esforço para isso.

– Onde você deixou sua bike? – Megan perguntou, mais para puxar assunto do que outra coisa. Ela seguiria Daniel de qualquer jeito até o lugar e eles voltariam juntos para casa, como sempre faziam. Eles só não vinham juntos de manhã porque o pai de Megan gostava de levá-la depois de deixar Mina na escola.

Daniel resmungou qualquer coisa sobre umas duas quadras adiante, porque alguém tinha pichado "CDF" de novo na sua magrela. Ele era chamado de CDF desde a quarta série. Esse era outro motivo pelo qual ele não se dava bem com as garotas, parecia que elas preferiam os caras idiotas. Ser adolescente era injusto.

– De novo?! Esse povo não se cansa. Eu poderia dar uma porrada neles qualquer dia desses.

– Vai arrumar uma suspensão se fizer isso – Daniel avisou.

– Não vou não, você segura e eu bato?

Isso o fez finalmente rir. Era brincadeira, mas ele sabia muito bem que ela poderia fazer isso de verdade se ficasse irritada o suficiente. Era só ter um motivo. Megan era uma panela de pressão: trinta minutos de zoeira e começava a fumegar. Com quarenta, poderia explodir. Daniel era o pino da panela: liberava o ar quente acumulado de vez em quando.

Realmente havia uma nova pichação de CDF na bicicleta de Daniel, com tinta rosa. Que tipo de gente se dá ao trabalho de comprar tinta cor de rosa para pichar, afinal? Megan nem sabia que existia essa cor em spray. Os dois examinaram o quadro por alguns minutos até que a garota quebrou o gelo.

– Bem, poderia ser pior. Você poderia ter um carro e aí o "CDF" seria em CAPS LOCK. Quer dizer, não é muita coisa quando picham algo no quadro de uma bike, não é? É tão fino... quase ninguém vê.

– Eu tenho quinze anos, Megan, jamais poderia ter um carro. Quando eu puder, os caras não vão mais me chamar de CDF.

– É claro que não. Quando você puder ter um carro já vai ser um programador da Google e esses caras vão ficar chorando na sarjeta comendo pão com mortadela em seus empreguinhos merrecas.

– Eu gosto de pão com mortadela – Daniel disse, subindo na bike.

– Eu também. Mas nós vamos comer pão com mortadela da mais cara. Um monte de mortadela, quilos dela dentro daqueles pães com nomes esquisitos, nada de "média[1]" ou pão de cará[2]. Eles vão comer só uma fatia fininha, com gosto de cabo de guarda-chuva.

Havia um pequeno sorriso no canto dos lábios de Daniel, o que deixou Megan satisfeita.

– Te encontro no ponto da Bike Santos?

– Ai de você se não me esperar – ela retrucou, aliviada por ele não estar mais irritado.

Cinco minutos depois, Megan o encontrou no ponto das bicicletas públicas. Havia vários pontos como aquele em Santos,

---

1 Nome dado ao pão francês na cidade de Santos.

2 Espécie de pãozinho adocicado que só existe na cidade de Santos, muito consumido no café da manhã e lanche da tarde.

distribuídos pela cidade. Daniel já estava lá, montando guarda ao lado da única fixada ao lugar, na posição doze. Havia um garoto uns dois anos mais novo observando a bicicleta com desejo, mas Daniel permanecia imperturbável.

– Isso é *bullying* – Megan comentou assim que chegou, mas tratou de logo apanhar o celular e discar o número da central para pedir a bike. – É exatamente o que fazem com você.

– É, mas quando você é mais velho, ganha esse direito. E eu tenho que ter uma compensação depois da minha bike pichada.

– Tá aí, outra vantagem. Com essa bike você parece bem suspeito e assusta as criancinhas.

– Você tá quase me convencendo a não pintá-la de novo.

Megan destrancou a bicicleta e os dois seguiram pela ciclovia, conversando aos gritos e rindo das pessoas que olhavam feio para eles. Quando chegaram ao ponto próximo ao seu endereço, Daniel freou a bike ao lado de Megan e perguntou pela décima vez se ela não queria uma carona no cano até sua casa.

– Já disse que não, sou muito pesada, a gente vai se esborrachar no chão. E não, não tem comida pra você hoje lá em casa, nem pra lombriga que vive aí dentro.

Ele resmungou, mas quando falou de novo seu tom era mais sério.

– Eu te acompanho a pé, então. E você não é pesada.

Ela sorriu, sentindo algo borbulhar de um jeito esquisito na barriga.

– Não precisa, Daniel. Mesmo. Eu tô bem.

– Tu não quer mesmo ajuda com isso?

Megan agradeceu de novo, mas insistiu que aquele era um trabalho em família, só entre ela e o pai.

– Tá bem, tá bem. Já vi que você tá me dando um pé na bunda – ele suspirou e, logo depois, enfiou a mão no bolso da calça e tirou de lá um bombom meio amassado, que enfiou na mão de Megan antes que ela recusasse. – Toma. Chocolate é bom contra dementadores. E é pra comer, esquece essa dieta doida aí que isso é deprimente.

Megan riu. Daniel se inclinou um pouco para a frente, mas então pareceu mudar de ideia, um tanto assustado, e deu duas palmadas desajeitadas em suas costas. Saiu pedalando bem rápido logo depois, sem olhar para trás, deixando-a sozinha com seus demônios. Ou dementadores.

*

Megan abriu a porta da geladeira. Havia água, margarina, suco e várias caixinhas de achocolatado pronto para Mina, nada realmente comestível. Para piorar, seu pai ligou avisando que só chegaria mais ou menos dali a uma hora. A garota pegou um pouco d'água e acabou engolindo dois copos para acalmar o estômago.

Alanis se enroscou aos seus pés, miando baixinho e dando cabeçadas em sua panturrilha. Megan suspirou e encheu o pote de comida. Ainda havia um pouco de ração no comedouro, mas a gata sempre ficava doida quando enxergava o fundo do pote.

Depois disso, Megan apanhou na escrivaninha o exemplar de *Harry Potter e a Ordem da Fênix*. Coisa do Daniel, claro. Ela ainda estava com o bombom no bolso, provavelmente o comeria só mais tarde, depois que passasse pelos "dementadores", como ele chamou sua tarefa. Daniel andara emprestando toda sua coleção de livros para Megan, insistindo que, se ela não lesse e gostasse, a amizade deles estaria por um fio. Por sorte, Megan estava gostando bastante da leitura, apesar de ser preguiçosa (perto de Daniel, que parecia uma traça, ela era novamente uma lesma). Na verdade, ela se identificava bastante com Harry, principalmente nesse livro: Megan andava com vontade de gritar com todo mundo, mas no final das contas acabava mesmo ficando calada.

Pensou em se sentar na cama e começar a ler para passar o tempo, mas se distraía a todo o momento com a porta do quarto do pai, que não parava de bater. Ele devia ter esquecido a janela aberta de novo. A garota largou o livro e caminhou até lá.

Dificilmente entrava ali quando o pai não estava. Assim que o fez, bateu os olhos na cama de casal, desarrumada apenas de um lado. Seu pai ainda dormia do mesmo lado do colchão e deixava o outro vazio. Ele comentara um dia desses que, quando se mudasse, provavelmente compraria uma cama de solteiro, mas Megan não sabia se acreditava: ele falava em comprar essa cama havia anos.

Depois de fechar a janela, a garota se sentou no lugar onde sua mãe dormia e alisou a colcha. A maioria das lembranças que tinha dela naquela cama não eram boas, mas ainda havia algumas que se salvavam, como quando ela deitou um dia ao lado da mãe e ela lhe contou como soube que estava grávida de Megan e como foi o dia em que ela nasceu. Megan se lembrava de ver as suas lágrimas refletidas nos olhos da mãe, pelos quais também escorria amor.

Havia uma foto enquadrada dos pais, enorme, sobre a cabeceira da cama. A garota observou o rosto da mãe, tão sorridente, os cabelos curtos, loiro escuro, cor de melado. Olhando de certo ângulo, podia até parecer que a mãe olhava para ela.

Ela se deitou na cama, bem onde a mãe costumava ficar. Ficou de lado, o nariz bem próximo do lençol, tentando lembrar qual era seu cheiro. Ela via sua própria imagem no grande espelho que ficava na parede ao lado da cama. Os cabelos muito pretos, quase azulados, cortados rente ao ombro. As mechas roxas. O que sua mãe diria do seu cabelo? Megan também era loira e todos diziam que seu cabelo era o mais parecido com o da mãe, que não era oriental. O cabelo de Mina era preto, como o do pai; a menina era a cara dele, uma perfeita japonesinha de olhinhos pequenos e puxados, o cabelo liso e escuro. Contrariando todo mundo, Megan resolveu pintar as madeixas louras; o motivo, que não contava para ninguém, era que não conseguia suportar o próprio cabelo depois que a mãe faleceu. Às vezes era difícil até mesmo encarar seu próprio rosto no espelho; não era só o cabelo, eram também os olhos, grandes e verdes, tão diferentes dos olhos do pai ou de Mina, os traços inegavelmente ocidentais. As pessoas tinham razão quando diziam que mãe e filha eram parecidas. Exausta, Megan fechou os olhos pelo que pareceram apenas cinco minutos.

Quando os abriu de novo, o reflexo no espelho tinha cabelos longos e loiros.

Não era a imagem de Megan que a olhava de volta no espelho.

Era a imagem de quem ela deveria ser.

E não eram apenas seus cabelos que estavam diferentes: era tudo.

A imagem de Megan não tinha seus óculos de aros grossos e pretos, nem sua camiseta esgarçada da Pitty. O seu reflexo usava uma saia xadrez. Megan *odiava* saias. Odiava o sentimento de estar vulnerável quando vestia uma saia ou um vestido. E o que era aquilo na sua boca? E nos olhos? Ela tinha alergia à maquiagem. Todo seu rosto ficava coçando e, mesmo nas poucas vezes em que tentara se pintar, não parecera natural.

Megan fechou os olhos e os esfregou com força, mas, quando os abriu novamente, a imagem não tinha sumido.

Assustada, ela gritou e recuou tão rápido que caiu do outro lado da cama. Permaneceu ali por longos minutos, estirada, apenas encarando o teto. Olhou para si mesma, procurando desesperadamente por algo familiar, e encontrou a expressão desafiadora da cantora a encarando de baixo para cima na camiseta. Puxou um fio de cabelo e viu que era escuro, com alguns fios roxos. Os óculos estavam no lugar. Megan sentiu um alívio quase sobrenatural. Sua barriga doía, sua cabeça doía. Da pancada no chão, claro. Ela respirou fundo, contou até três, mas ainda não conseguia se forçar a olhar para o espelho.

Só mais um pouco, vamos lá, Megan, é só um espelho.

Bem devagar, ela se sentou sobre os joelhos e espiou por cima do colchão feito uma criança assustada.

O espelho ainda estava lá, bem como sua imagem. E era ela, Megan, que a encarava com os olhos arregalados. Tudo parecia o mesmo.

Ela tinha cochilado, só isso. Só isso.

Megan se levantou, sentindo-se tonta, a cabeça estourando de dor, mas decidiu ignorá-la; bateu as mãos no jeans e saiu o mais depressa que pôde do quarto, sem olhar novamente para o espelho, nem mesmo com o canto dos olhos.

*

Quando o pai chegou em casa, Megan ainda tentava esquecer aquele pesadelo maluco enfiando a cara no livro de Daniel enquanto Alanis ronronava enroscada no lençol. O problema era que, por mais que a garota tentasse se concentrar, as palavras giravam no papel, parecendo uma verdadeira sopa de letrinhas, e ela acabou avançando poucas páginas. Daniel ficaria doido da vida quando soubesse.

Sua cabeça ainda doía. Só podia ser fome. *Ou aquilo que ela viu no espelho.*

Aproveitando a desculpa para parar de ler e pensar em outra coisa, a garota foi quase correndo até a cozinha, onde o pai já enfiava uma lasanha congelada no micro-ondas. Megan torceu o nariz; não que não gostasse de lasanha, mas estava meio acima do peso e aquilo não a ajudava. *Mesmo.*

– Oi, filhota – o pai disse sorrindo, mas não conseguia esconder que estava chateado. – Desculpe a demora, estava uma loucura lá no trabalho.

– Sem problemas. Tá tudo bem?

– Tudo, tudo certo – ele arrumou os pratos na mesa e pegou suco de laranja da geladeira, distribuindo-o em dois copos. – E a escola?

Megan torceu o nariz novamente. Seu pai percebeu na hora que havia algo errado.

– Fala, filha, o que foi dessa vez?

Ela preferiu contar tudo antes de mostrar o bilhete. Falou sobre Dona Tanajura (seu pai sempre ria quando ouvia aquele apelido, esse ele aprovava) e como ela era implicante, bem como de sua resposta na frente da sala. Falou da coordenadora, do bilhete e acabou deixando escapar que bolou aula depois. Reclamou que Daniel brigou com ela por isso. Seu pai ouviu tudo prestando atenção ao que Megan dizia, mesmo quando se levantou para tirar a lasanha quente do forno. Renato era quase inacreditavelmente atencioso e sempre tentava ouvir as filhas. Ele era um grande amigo, além de pai. Megan sabia que tinha sorte; outro pai já estaria gritando com ela.

Ela sabia também que foram as coisas pelas quais eles passaram juntos, anos antes, que construíram aquela relação de cumplicidade. O pai compartilhara muitas coisas com Megan antes da garota dividir seus sentimentos com ele.

– Ainda bem que eu tenho o seu amigo para te dar as broncas quando é preciso, não é?

– Ah, pai...

– Você sabe que não deve fazer isso.

– Minhas notas não mudaram.

– Eu sei, filha, mas você só se prejudica com essa teimosia. Os professores pegam birra também, assim como os alunos. Você e a dona Tanajura, por exemplo... Depois de mais essa só vão se dar bem no dia de São Nunca.

– Nós somos um caso perdido há muito tempo. Ela bem que poderia ser transferida ou algo assim – a garota resmungou, passando a mão na cabeça de Alanis, que chegara à cozinha, pedindo comida mais uma vez. – Oi, sua gata gorda.

– Eu vou ter que ir à escola, Meg? – o pai perguntou abruptamente, claramente com desagrado. – Você sabe como detesto ir lá. Elas ficam me olhando de nariz empinado, falam, falam e, no fundo, dá pra notar que elas acham que sou um pai incompetente. Como se um homem não pudesse criar os filhos sozinho. Especialmente as meninas.

Megan suspirou.

– Foi mal, pai. Acho que você vai ter que ir lá sim. Mas não liga pra essa gente, elas são toscas.

Ele também suspirou.

– Tá certo. Eu passo lá amanhã, ok? Vou conversar com a... qual o nome dela mesmo?

– A Playmobil?

Ele deixou escapar um sorriso. – Megan, pelo amor de Deus, não posso chamar a mulher desse jeito. Qual o nome dela?

– Laura. Dona Laura.

– Certo, então vou ver a dona Laura-Playmobil e resolvo essa confusão – ele piscou para ela, cúmplice. – E você, mocinha... dá para tomar uma boa dose de juízo antes de ir pra escola? Pelo menos por uns tempos, só pra me dar umas férias, quem sabe?

Ele pediu aquilo com uma expressão tão cansada que Megan assentiu. Ela só esperava que a Dona Tanajura também cumprisse sua parte no contrato.

A dor pareceu ceder um pouco enquanto comiam, mas ainda estava lá no fundo da cabeça, à espreita. Megan não contou isso ao pai. A dor passaria logo, não era nada para se preocupar. Talvez ela nem precisasse tomar remédio.

Eles almoçaram e tomaram sorvete napolitano em seguida. Megan contou, meio sem graça, que estava tentando fazer dieta, mas seu pai insistiu que era só aquele dia, que eles precisavam de algo doce para passar pelas horas amargas do resto da tarde. Era mesmo verdade, então Megan se serviu de uma bola de sorvete de chocolate e outra de creme. Eles sempre deixavam a maior parte do sorvete de morango para Mina. Era o sabor favorito dela.

Os dois começaram o trabalho pelos armários mais altos, queriam evitar por ora o armário das roupas de Marina. Mas não era só o guarda-roupa que Megan queria evitar; o enorme espelho ficava na parede bem ao lado dele, então a garota ficou satisfeita quando o pai aceitou a sugestão de começar pelos armários do topo. Renato, empoleirado na escada, descia sacolas, caixas e objetos, enquanto Megan os segurava embaixo, colocando-os no chão ou sobre a cama. Havia coisas úteis, que Megan separava num canto: roupas de cama, um cobertor para o inverno, toalhas, a batedeira de sua mãe, que não cabia nos poucos armários da cozinha – "Quem sabe você ou Mina um dia não vão ter o súbito desejo de fazer bolo?", sugeriu o pai. O maior problema foi quando encontraram algumas pastas cheias de papéis. O pai desceu as pastas e os dois se sentaram na cama para separá-los.

Havia de tudo, desde documentos até fotografias, extratos bancários velhos, bilhetes, anotações, listas de compras, notas fiscais, cartões de Natal, cartas de amigos, antigas cartas de amor. Megan encontrou vários bilhetes apaixonados do seu pai para sua mãe, de sua mãe para seu pai. Renato leu todos para a filha até o momento em que a voz lhe faltou e a saudade transbordou por seus olhos.

Anos depois, seu pai estava ali, à sua frente, triste e vulnerável. Megan o abraçou e os dois choraram juntos. Era aquilo que eles compartilhavam. Era com aquilo que a maioria das garotas de sua idade não tinha que lidar. Era aquilo que os machucava, mas também os tornava fortes.

Megan se ofereceu para buscar um copo de água para o pai, mas ele insistiu que precisava sair do quarto por alguns minutos. Queria chorar mais um pouco, sozinho. Megan ficou onde estava. Pelo canto dos olhos, espiava seu reflexo no grande espelho da parede, mas sua imagem continuava a mesma: cabelos pretos, óculos, camiseta surrada. Aquilo a tranquilizava, mas também a inquietava: será que tinha imaginando coisas?

Tentando tirar aqueles pensamentos da cabeça, a garota voltou a remexer nos papéis velhos, separando o lixo das lembranças. Havia toda uma vida ali, rabiscada em papéis. Foi enquanto separava mais cartões de Natal antigos que Megan o encontrou.

Era um caderno desgastado, azul, com desenhos de rosas brancas na capa e na lombada. Não havia identificação, apenas uma fita branca que o envolvia em um laço caprichado. Megan não se lembrava daquilo. Ela desatou o nó da fita e abriu o caderno.

Esse diário pertence a Marina Pereira Miyamoto
2009

Aquele caderno pertencera à sua mãe. Megan alisou a primeira página onde lera aquelas palavras. Era a letra dela. Sua mão encostara ali, naquela página, escrevera aquelas linhas. O ano trazia más recordações à garota: no final dele, Marina falecera. Próximo ao Natal, no dia 12 de dezembro.

Megan virou a página, sentindo um nó na garganta. Havia quatro palavras grifadas três vezes, com ênfase, escritas em uma caligrafia apressada, quase assustada, em letras de forma. Nem parecia a letra de sua mãe.

NÃO LEIA ESSAS PÁGINAS

A mão de Megan tremeu sobre a página aberta. Por que sua mãe escrevera aquilo? Seria apenas porque ela desejava privacidade?

Megan olhou para a caixa onde estavam separando coisas das quais se livrariam. Será que deveria jogar o diário ali?

Mas era uma parte da sua mãe. Era a letra dela. Os sentimentos dela.

Megan apertou o diário contra o peito, indecisa. Quase sentia um coração batendo nele. O cheiro de sua mãe parecia exalar através daquelas páginas, o cheiro que Megan estava quase esquecendo, da colônia de lavanda que ela espirrava no pescoço, nos braços, até nas filhas, para diverti-las. Será que ela tinha espirrado perfume no diário?

Era um pedaço dela. Um pedaço da sua mãe.

Megan decidiu que não poderia simplesmente se desfazer dele como se fosse um lixo qualquer. Ouviu os passos do pai no corredor e decidiu-se rapidamente: jogou o diário na caixa onde estava escrito “Megan” com as canetinhas coloridas de Mina.

Talvez ela nem lesse o tal diário. Talvez ela apenas o guardasse e sentisse o perfume da mãe de vez em quando. Mais tarde decidiria o que fazer com ele.

Não importava. Apenas não conseguiria jogá-lo fora. Não agora. Talvez nunca.

*

A dor de cabeça não passou.

Finalmente, após uma longa tarde separando lembranças, Megan teve que admitir que precisava tomar um remédio e, obviamente, seu pai também percebeu o problema. Ele disse que já tinha avisado no trabalho que não retornaria aquele dia, portanto poderia buscar Mina na natação, enquanto Megan descansava. Seu pai era analista em uma *softhouse*, uma empresa que criava sites para outras empresas. Tinha sempre muito trabalho, mas por ser líder de uma equipe, às vezes conseguia mudar seus horários, mesmo que acabasse trabalhando em casa até de madrugada depois disso.

A garota fechou as janelas e se enfiou debaixo das cobertas. Alanis se enroscou em seu pé e dormiu instantaneamente. Megan não teve a mesma sorte; a cabeça latejava, deixando-a enjoada, e seus pensamentos impediam que sua mente se desligasse. De onde estava deitada podia ver a grande caixa com seu nome, que sabia conter os objetos da sua mãe, agora seus. Era estranho, mas era também como se sentisse o diário pulsando ali dentro. Durante toda a tarde pensara algumas vezes em compartilhá-lo com o pai, mas decidiu que não poderia fazê-lo. Sentia que aquilo era algo só entre ela e a mãe. Era quase como se sentisse ciúmes do objeto.

Quando se deu conta de que o pensamento não a deixaria em paz, Megan se levantou, arrastou-se pelo quarto e revirou a caixa no escuro. Seria mais fácil com a luz acesa, mas ela acreditava que seu cérebro viraria sorvete derretido se ousasse trazer algum tipo de luz ao ambiente.

Após alguns minutos, depois de jogar duas bolsas, três sandálias e várias mudas de roupa no chão, a garota finalmente sentiu o velho caderno sob os dedos. Soltou o objeto por um segundo, como se o toque queimasse sua pele. *Era errado. Isso era o oposto de respeitar o desejo de sua mãe, era violar sua memória...*

Mas ela não queria ler o diário, queria? Não, ela só desejava ter algo da mãe por perto. Se Marina estivesse viva, com certeza estaria ali, ao seu lado, talvez acariciando sua cabeça para que a dor passasse mais depressa.

Sim, era só disso que precisava. Aquele diário permaneceria fechado e seria apenas uma parte de sua mãe lhe dando conforto.

De qualquer jeito, não conseguiria acender as luzes para lê-lo.

Mas não queria lê-lo. Queria?

*

– Não acorde sua irmã, Mina. Ela não está bem hoje.

– Ela tá doente, pai?

– Ela só está com um pouco de dor, mas amanhã já vai estar novinha em folha, mas só se a deixarmos descansar. Então, pegue a sua gatinha sem barulho e vamos jantar na cozinha.

– Na ponta dos pés?

– Na pontinha deles, como a Alanis faria.

As vozes sussurradas pareciam vir de muito longe. Megan ainda sentia um leve latejar; era como se a dor anterior fosse um par de mãos compridas espremendo sua cabeça com força, e agora aquelas mãos estavam se soltando, mas seus longos dedos ainda tentavam se segurar pelas unhas. Ela não abriu os olhos, mas sentiu quando sua irmã se aproximou. Fingiu que continuava dormindo e, sem saber exatamente o porquê, apertou o diário de sua mãe com um pouco mais de força contra o peito. Sentiu-se aliviada por estar totalmente coberta, exceto pela cabeça. Sentiu o olhar da irmã, mas manteve os olhos fechados.

– Vem, Alanis, vem! Não faz barulho! Shhh!

Megan sentiu a gata se afastando da cama, deixando um vazio quente próximo à sua perna. Alguém puxou a coberta que Alanis deixara desarrumada.

– Vamos, Mina, vamos jantar.

– Megan não vai comer, pai?

– Mais tarde, quando ela melhorar. Vamos, vamos.

Megan ouviu um miado e a porta se fechando. Sentiu um gosto amargo na garganta por enganar o pai, mas não conseguia se forçar a abrir os olhos. O caderno quase pulsava em seu peito. As vozes do pai e da irmã pouco a pouco se tornaram mais distantes.

Ela não saberia dizer quanto tempo passou, porém, quando achou que já tinha pegado no sono novamente, sentiu o colchão ceder ao peso de alguém que se sentava ao seu lado. A garota resmungou algo que nem ela mesma compreendeu e enfiou a cara no travesseiro.

– O que você está fazendo? – Megan praticamente gritou quando as mãos daquela pessoa tentaram puxar o caderno dos seus braços.

Completamente desperta, Megan se sentou na cama e ficou olhando assustada para a pessoa à sua frente, o diário ainda seguro em seus braços trêmulos. Seu coração batia depressa. A penumbra encobria o rosto da pessoa que, a princípio, Megan pensou que fosse seu pai, mas agora não tinha mais certeza. Era como se uma névoa espessa congestionasse seus olhos, tornando difícil visualizar o rosto à sua frente. Ela apenas conseguia perceber que o quarto se tornara mais frio e que todo seu corpo tremia.

– Devolva – a pessoa disse com uma voz rouca e sussurrada, dava para perceber que pertencia a uma mulher. O coração de Megan deu um salto e ela apertou ainda mais o caderno em seus braços.

– N-não.

– Devolva – a pessoa repetiu agora em um tom mais alto e ameaçador.

– Não! Sai daqui! – Megan fechou os olhos, apertando mais o diário. Recuou na cama, embolando as cobertas, tentando se distanciar daquela presença. – Sai daqui! Me deixa em paz, ele é meu, *é meu*!

Abriu os olhos.

Estava deitada no tapete felpudo ao lado de sua cama. Os braços ainda seguravam o diário com uma firmeza quase sufocante. Suas pernas apontavam para o teto, os pés sobre a cama, enrolados em um nó complexo nos lençóis. O quarto estava vazio, escuro e silencioso.

Megan estava sozinha.

Tinha sido um sonho, só isso. Outro sonho maluco, provavelmente devido ao remédio que tinha tomado, à dor e à falta de comida no estômago. A garota apanhou o celular na cabeceira da cama. Eram quase duas horas da manhã. Ela estava dormindo desde as seis e meia. Havia uma mensagem não lida de Daniel no visor perguntando como tinha sido a limpeza e se ela estava bem. Megan sorriu, mas decidiu que o amigo poderia esperar até o dia seguinte. Além do mais, se ela respondesse agora, ele provavelmente ficaria doido da vida por ter sido acordado no meio da noite.

Seu estômago roncou e de repente ela se deu conta do quanto estava faminta. Desenrolou as cobertas das pernas, levantou-se e observou o quarto; estava mesmo sozinha, exceto por Mina, que dormia na cama ao lado, abraçada a Alanis. Escondeu o diário em uma gaveta, debaixo das suas calcinhas, onde sabia que ninguém pensaria em procurá-lo, muito menos seu pai. Na ponta dos pés, a garota deixou o quarto rumo à cozinha.

Teve que passar pela sala no caminho e ficou surpresa ao encontrar o pai dormindo um sono ferrado no sofá. Ele não costumava fazer isso havia anos, pelo menos desde que Marina falecera. Fora bem aos poucos que Renato retornara ao quarto de casal e voltara a dormir na própria cama.

A garota se lembrou, finalmente, de que o quarto estava uma enorme bagunça depois daquela tarde. Por causa da sua dor de cabeça eles acabaram não arrumando as coisas e havia uma porção de caixas e objetos sobre a cama. Provavelmente o pai só tinha ficado com preguiça de arrumar tudo sozinho e resolvera ficar na sala mesmo.

Tentando não acordá-lo, Megan rumou para a cozinha na ponta dos pés. Esquentou um pouco de leite com chocolate no micro-ondas e passou manteiga em algumas torradas, o suficiente para aplacar a fome. Rumou para seu quarto planejando comer o mais silenciosamente possível, mas no caminho encontrou a porta do quarto dos pais entreaberta.

Megan pensou no espelho, no diário bem guardado em sua gaveta e nos dois sonhos malucos que tivera naquele dia. Suas mãos começaram a suar e a caneca ficou escorregadia na mão direita. Ela respirou fundo, tomou mais um gole de chocolate quente e entrou no quarto.

Estava exatamente como o deixara na tarde anterior: um monte de caixas, objetos e roupas espalhados. A cama quase inteiramente tomada pelas lembranças de uma vida que se fora havia muito tempo. A garota olhou para o quadro dos pais na parede acima da cama, em especial para os olhos da mãe, como a pedir permissão. Claro que a mãe não respondeu, jamais o faria novamente, e a garota acabou se sentando em uma beirada vazia da cama. Ali terminou o leite e comeu as torradas, observando sua imagem desconjuntada no enorme espelho da parede.

Parecia que tinha sido atropelada por um caminhão desgovernado. Seus cabelos estavam apontando para vários lados diferentes e havia olheiras debaixo dos seus olhos. Daniel diria que ela parecia dez anos mais velha e que estava arruinando a reputação dele com as garotas gostosonas. Então Megan responderia que as garotas gostosonas provavelmente não o aguentariam matracar sobre livros, quadrinhos e muito menos jogariam *Dead Space: Extraction* com ele.

Aquela lembrança a fez sorrir. A sua imagem sorriu também.

E então seu reflexo piscou.

Megan colocou a caneca e o prato de lado, sentindo o coração saltar no peito. Tinha mesmo visto aquilo ou seria apenas sono? Mas ela estava completamente desperta, dormira a tarde inteira.

A garota levantou, aproximando-se alguns passos do espelho. Aquilo era ridículo. Ela, uma adolescente de quatorze anos, quase quinze, com medo da sua própria imagem no espelho. Quem ela esperava, o bicho-papão? Como que para provar a si mesma, ela se aproximou um pouco mais, lançando um olhar severo para seu reflexo, desafiando-o a fazer algo diferente.

Ergueu um braço, depois o outro. Agitou-os ao redor de si. Mostrou a língua. Acenou. Exibiu o dedo do meio.

– Você não é de nada, não é mesmo? É só minha cabeça brincando comigo. Vê se não enche.

A imagem sorriu, algo que Megan não tinha feito, e, antes que pudesse reagir, a superfície do espelho começou a borbulhar como a superfície da água em um rio antes de um animal emergir. A imagem se tornou turva, indistinta, enquanto Megan observava tudo, paralisada pelo choque, sentindo as pernas pesadas e incapazes de correr.

Só podia ser um pesadelo. O mais maluco de todos.

Uma mão do tamanho da sua irrompeu das águas turvas do espelho e segurou seu pulso com firmeza. Antes que pudesse respirar, Megan sentiu um puxão no umbigo, uma força arrastando seu corpo, ao mesmo tempo que o gelo inundava suas veias.

O espelho, antes tão sólido, agora borbulhava ao seu redor, brilhando tanto que seus olhos estavam ofuscados pela luz. E Megan foi forçada a mergulhar em suas profundezas brilhantes e desconhecidas.

Capítulo Três – Contrário

Quando Megan abriu os olhos ainda estava de frente ao espelho. Mas não da forma que esperava.

Aquela garota retornara.

Trêmula, Megan encarou a sua imagem. A Megan que a encarou de volta era magra, com cabelos longos e loiros, usava uma blusa rosa e uma saia preta de bolinhas.

Não era Megan que estava refletida no espelho.

Era a Outra.

Bem devagar, Megan ergueu a mão direita aos olhos. Seus dedos tremiam. Suas unhas estavam pintadas de laranja. Ela estava sem óculos, mas estava enxergando, isso não fazia nenhum sentido! Não, não, não, aquilo era um pesadelo, só podia, só poderia ser isso.

A garota começou a puxar os cabelos, às vezes com força, sentindo o ar fugir de seu peito descompassado. Amarelo, amarelo, os fios do seu cabelo não eram negros, eram amarelos, cor de melado. Como os da sua mãe. Como eles deveriam ser.

Não deveriam, não deveriam! Aquela não era Megan. Uma estranha a observava, refletida no espelho, e, de alguma maneira, ela tomara conta de seu corpo. Ou talvez Megan tivesse tomado o corpo de uma desconhecida. A garota enterrou as unhas na cabeça, tentando pensar, tentando voltar, tentando desesperadamente acordar daquele pesadelo.

Mas quando abriu os olhos ainda estava no mesmo lugar.

O quarto dos seus pais, mas ele estava diferente. Quase como se tivessem invertido a posição das coisas. Era como aquela sensação engraçada que se tem ao entrar no apartamento de um vizinho do mesmo prédio: os cômodos são os mesmos, mas estão todos ao contrário.

A cama estava perfeitamente arrumada. Não havia caixas nela ou em qualquer outro lugar. Na verdade, tudo parecia exatamente em seu devido lugar – exceto que não estava, estava terrivelmente errado.

Megan se aproximou do espelho. Devagar, quase como se temesse levar um choque, ela encostou os dedos no vidro gelado e, então, a mão espalmada. A sua respiração embaçou o vidro. Nada aconteceu. Ela não sabia o que esperava, talvez que um portal para outra dimensão se abrisse e ela voltasse à sua vida *certa*. Qualquer coisa faria mais sentido do que estar ali, naquele corpo, naquele quarto estranho, onde tudo parecia fora do lugar.

Ela se afastou do espelho, tentando encaixar os pensamentos. Talvez se voltasse ao seu quarto, dormisse... Era um sonho, como os outros, e logo iria acordar.

Megan deixou o cômodo e fechou a porta atrás de si. Olhou ao redor. A sala e a cozinha eram para a esquerda, não para a direita, como estava acostumada. Seu quarto deveria ser do lado oposto, à sua direita. Aquilo tudo estava dando um nó na cabeça da garota. Aos tropeços, ela caminhou na direção de seu quarto e acabou esbarrando com alguém na altura da barriga.

– Ai, sua maluca! Olha por onde anda!

Megan olhou para baixo. Era sua irmãzinha, Mina. Ela segurava Alanis nos braços e a encarava com as sobrancelhas franzidas, irritada. A gata mostrou os dentes para Megan.

Ok, Mina estava ali, então pelo menos alguma coisa devia estar em seu lugar, não? Megan ficou olhando para a irmã por alguns minutos a mais, até que Mina, irritadíssima, exclamou:

– Ai, sua chata! 'Que tá me olhando assim?! Sai da frente!

Antes que pudesse sequer pensar em algo, Megan ouviu sua própria voz dizer as palavras sem que ela comandasse.

– Sai da frente você, seu projeto mal acabado de gente. Vê se não me enche, pirralha!

Sua voz saiu arrastada e monótona, quase arrogante. Assim que as palavras pularam de seus lábios, Megan se arrependeu. Não era assim que falava com sua irmã nem era com aquele dar de ombros de desprezo que Mina respondia. A menina saiu batendo pé, ainda com Alanis no colo, resmungando um "Você vai ver só!" ameaçador e birrento.

Transtornada, Megan tentou se refugiar em seu quarto, o que foi outro erro.

Tudo, tudo mesmo, estava diferente. Era como se o mundo inteiro estivesse do avesso. E nada, absolutamente nada, era do jeito de Megan.

Não havia mais seus pôsteres de bandas e de filmes nas paredes do seu lado do quarto. O sol forte que entrava pela janela iluminava as paredes rosa bebê, decoradas com florzinhas e quadros de corações. Era uma versão açucarada e enjoativa do seu quarto aos seis anos de idade. Para piorar, havia um quadro enorme de um pôster do filme que a garota mais detestava no universo.

Megan deitou na colcha cheia de babadinhos, desanimada. Ficou olhando o teto, decorado com estrelinhas multicoloridas que lhe causavam náuseas. Ela fechou os olhos e tentou imaginar que estava em seu quarto, com as paredes brancas cheias de pôsteres, e então os abriu novamente, esperançosa.

As estrelinhas idiotas continuavam lá, flutuando num mundo cor-de-rosa.

Ela soltou uma exclamação irritada e depois percebeu que sua voz, apesar de ser a mesma, não combinava nada com ela.

Levantou-se e abriu a gaveta de calcinhas. Revirou-a febrilmente, mas não estava lá: o diário simplesmente se fora.

Sentou-se na escrivaninha, sentindo um vazio dentro do peito. Se o diário não estava lá, será que alguém o teria encontrado? Ou ele não existia ali? Que lugar era aquele, como faria para voltar? Era um pesadelo, mas. por mais que tentasse fechar os olhos, o mundo não se consertava sozinho quando os abria novamente.

O computador estava ligado. Megan mexeu distraidamente no mouse e apareceu uma janela do Facebook logado em seu usuário. Havia uma foto dela fazendo beicinho para a câmera. Mas além da foto havia também outra coisa estranha: acima dela, no perfil, havia um nome. E não era o seu.

Megami Miyamoto.

Megami.

Que droga de nome era aquele? Megan começou a descer a página, tentando se agarrar a alguma coisa familiar. Havia várias fotos, links e mensagens compartilhadas por gente que Megan não conhecia. Ou melhor, conhecia sim, mas...

Havia uma mensagem para ela de uma garota chamada Stefanie, uma esnobe da sua sala que vivia falando pelas suas costas. Muitas vezes, até na sua frente.

meg, a gente vai no shopping amanhã, né? preciso urgentemente de um vestido, a festa do paulinho é no sábado, não esquece! bjos

Megan fechou a janela na mesma hora, como se aquela mensagem fosse algum tipo de vírus e pudesse contaminar não apenas seu computador, mas também sua vida. Ela mal tinha feito isso quando a porta do quarto abriu com estrondo.

– Megami, você pode me explicar o que fez para sua irmã dessa vez?

Megan se virou para responder que não tinha feito nada, mas as palavras ficaram congeladas em sua boca quando viu quem estava parada à sua porta, encarando-a irritada.

Sua mãe.

*

Era ela.

Sua mãe, inteira, completa, *viva,* bem ali à sua frente. Os mesmos cabelos loiros, talvez um pouco maiores, presos em um rabo de cavalo. Os olhos cor de mel, iguais ao seu. O nariz fino e arrebitado. A verruga esquisita debaixo dos olhos, a mesma que Megan também carregava.

Parecia que um animal selvagem estava se revirando no estômago da garota. Ela queria gritar, chorar, correr e abraçar a mãe, provar que ela era real. *Não, não era, não podia ser.* Tinha que ser um sonho, mas era tão vívido. Talvez fosse mesmo porque, por mais que a vontade de Megan fosse correr até a mãe, o que saiu da sua boca foram três palavras carregadas de tédio e desprezo:

– Que saco, mãe!

Nos sonhos a gente nunca consegue fazer o que realmente deseja. Então tinha que ser um sonho. Tinha que ser.

A mãe caminhou até ela com o dedo em riste. De perto parecia ainda mais inacreditavelmente real. Megan teve vontade de recuar, mas continuou sentada com uma firmeza desafiadora que não sentia de verdade.

– Escuta aqui, *Megami* – a mãe usou novamente aquele nome que parecia tão errado na sua voz. – Você vai parar de tratar sua irmã desse jeito, senão...

– Você vai fazer o quê? – novamente o tom de desafio saiu sem que Megan desejasse.

– Eu vou falar pro seu pai cortar sua mesada.

– O quê?! – Megan se levantou. Intimamente, queria pular em cima da mãe, tocá-la, mas seu corpo não lhe obedecia. Era angustiante. A voz que pulou de seus lábios estava agitada e tão aguda que incomodou seus ouvidos. – Você não pode fazer isso!

– É claro que eu posso, ainda sou sua mãe. Está avisada. – A porta bateu com força atrás dela quando deixou o quarto.

Megan sentou de novo na cadeira giratória, bufando. Aquela era sua mãe, *sua mãe*, viva, mas ela parecia diferente, assim como

Mina. O que mais seria diferente ali? Que lugar era aquele, um sonho? A cabeça da garota dava voltas, mas não doía. Ela olhou para o computador ligado, mas ele parecia um prenúncio de mais descobertas desagradáveis.

Precisava escapar daquele pesadelo. A única saída que encontrou foi se jogar nos lençóis floridos e dormir, desejando acordar.

*

Alguém a cutucava.

– Ei, acorda. Droga, acorda...

Megan se virou na cama, resmungando. Só abriu os olhos quando sentiu algo pesado pulando em sua barriga. Ela se sentou depressa.

– Sai daqui, gata!

– Não fala assim com a Alanis! – reclamou Mina, a pessoa que, afinal, estava lhe cutucando. – Levanta logo, a mãe falou que a comida tá na mesa.

Mina desapareceu do quarto com Alanis novamente nos braços. Enquanto isso, Megan sentiu o estômago afundar. *Ela ainda estava ali, naquele lugar.*

Por um lado sentia uma felicidade insana, quase doentia. Estar ali significava que ainda estava sonhando. *E que sua mãe ainda estava viva.* No entanto, o resto estava do avesso: sua mãe a chamava de Megami, Mina era uma irmãzinha irritante e que a detestava e Megan era uma garota embonecada que aparentemente gastava toda sua mesada no shopping comprando vestidos com a garota mais babaca da sala.

Mas sua mãe estava ali.

Megan respirou fundo e, praticamente se arrastando, deixou a segurança do quarto. Quando entrou na cozinha, Mina já estava sentada, batendo os talheres na mesa, produzindo um ruído constante e irritante; ela nunca faria isso normalmente, seu pai logo cortara aquele mau hábito. Megan procurou por ele, mas não o viu ali.

– Onde está o pai? – ela perguntou com aquela voz aguda e irritante que escapava dos seus lábios, mas pelo menos a pergunta que saiu era a que desejava fazer.

Sua mãe, que removia uma grande travessa de risoto do forno, olhou-a com as sobrancelhas erguidas.

– Trabalhando, de onde você acha que vem o dinheiro para todos aqueles seus sapatos?

Megan deu de ombros, mesmo sem querer, e sentou-se ao lado de Mina. A irmã olhou furiosa para ela, bem como Alanis, que pelo visto já tinha jantado. Megan devolveu o olhar, mostrando a língua para a irmã e achando-se ridícula por fazer isso. O que era aquilo, uma competição de infantilidades? Ela não era assim, mas não conseguia evitar.

– Manhê, a Megami mostrou a língua pra mim!

A mãe colocou a travessa em cima de um pano de prato na mesa e fuzilou Megan com o olhar. A garota se sentiu irritada de verdade com aquilo: Mina era uma criança realmente insuportável e sua mãe só a mimava, parecia gostar mais dela do que da filha mais velha.

Não, essa não é minha irmã, não é a minha Mina.

Seus pensamentos estavam começando a assustá-la. Aquele pesadelo precisava acabar. Mesmo assim, quando sua mãe serviu seu prato, Megan sentiu toda sua determinação evaporar. *Sua mãe, ali, jantando com elas...*

Megan hesitou apenas um instante antes de dar a primeira garfada. Sentia um estranho nervosismo, um frio na barriga. Talvez tudo evaporasse quando ela colocasse a comida na boca. Talvez aí ela tivesse certeza de que aquilo era mesmo um sonho e acordasse.

Ela olhou com o canto de olho para a mãe, que comia, distraída, enquanto Mina tagarelava alguma coisa sobre um desenho animado. Tentou gravar na memória a imagem dela antes que desaparecesse no ar.

Levou a comida à boca. Sentiu seu gosto. Era bom, muito bom. Gosto de comida de mãe... Ela sentia saudade daquele sabor. Queria senti-lo na boca, porém, por um motivo que desconhecia, ela comia muito rápido, dando várias garfadas agora que tinha dado a primeira. Dois sentimentos conflitavam dentro dela: ao mesmo tempo em que queria muito ficar ali, comendo aquela comida e olhando para a mãe, também queria acabar logo com aquela tortura e correr para seu quarto.

– Você vai ficar gorda comendo assim tão rápido – sua mãe disse rispidamente.

– Gorda – Mina repetiu como um papagaio irritante.

Megan soltou um barulhinho de desprezo pelo nariz. Queria dizer à mãe que a comida estava deliciosa, mas as palavras não saíam. Ela viu a mão direita da mãe sobre a mesa – ela era canhota, comia com a mão esquerda – e queria muito segurá-la. Chegou a erguer a mão, mas ela não a obedeceu. Parecia ter vida própria.

Era como estar presa dentro do corpo de outra pessoa.

Ela continuou olhando para a mãe, sentindo-se miserável. Tão perto e tão longe. Mina, por sua vez, falava alto, ria e recebia carinhos o tempo todo. Megan sentiu a raiva e o ciúme borbulharem dentro dela, tão reais que se assustou. Aquilo era loucura, parecia que tinham virado o mundo ao contrário. Aquele momento, ela, sua mãe e sua irmã jantando juntas... Não deveria ser daquele jeito. Era o quadro certo pintado com as cores erradas.

– Terminei – Megan anunciou, levantando-se depressa.

– Lave seu prato, Megami – a mãe ordenou, sem nem olhar para ela.

Megan olhou alguns instantes para a mãe. O seu desprezo doía. Suas mãos, no entanto, pegaram os pratos e praticamente o jogaram na pia, ensaboando e enxaguando tão rápido e com tanta raiva que era impossível estarem realmente limpos quando a garota os colocou no escorredor.

Ela saiu batendo os pés, furiosa. Se o sentimento era real ou não, Megan não sabia mais dizer.

*

Seu pai só chegou pra lá da meia-noite e nem apareceu em seu quarto para vê-la. Ele nunca fazia isso, por mais que chegasse atrasado em casa. Era muito requisitado em sua empresa por ser um líder de equipe, mas, depois que Marina falecera, tentava ao máximo não voltar muito tarde para não deixar as filhas sozinhas, mesmo que trouxesse trabalho para casa. Ali, naquele lugar, no entanto, ele não parecia se preocupar com isso. Nem com Megan.

Outra bolha de ciúme e rancor se formou dentro dela. E parecia muito real.

Megan tinha fechado a porta e desligado as luzes. Não falara com a mãe ou a irmã desde o jantar. Estava no computador, descendo páginas e mais páginas do Facebook. Uma janelinha piscava insistentemente. Era Stefanie.

Elas combinaram de ir ao shopping no dia seguinte, depois da escola. Aquilo deu a Megan uma sensação de animação e, ao mesmo tempo, de enjoo. Era como estar dividida em duas, sem saber qual sentimento era o correto. Ela começou a imaginar se estaria ficando maluca, mas não conseguiu se forçar a abrir o Google e pesquisar os sintomas. Sua mão só ficava lá, teclando palavras inúteis sobre vestidos, sapatos e garotos na janelinha de *chat* com a Stefanie.

Foi depois que seu pai chegou que ela viu: perto da janelinha de conversa com a Stefanie apareceu uma foto pequeninha, um nome e uma bolinha verde.

Daniel estava *on-line.*

Sem querer, Megan sentiu um frio na barriga. Como será que era Daniel nesse lugar, sonho ou o que quer que fosse? E se ele a odiasse, como todos pareciam fazer? E se eles não fossem amigos? Ela chegou a deixar o cursor sobre o nome dele, mas não conseguiu chamá-lo para uma conversa. Parecia que nenhuma das duas partes dentro dela queria isso. Porém, juntando toda a força de vontade que conseguiu, clicou para dar uma olhada no perfil.

Na foto Daniel parecia o mesmo: alto e desengonçado de um jeito bonitinho. Usava uma camiseta preta com um zumbi estampado nela, que Megan conhecia. Ela desceu a linha do tempo e encontrou uma foto dele ao lado de sua bicicleta; era igualzinha, mas não estava pichada. Bem, fazia sentido, Daniel jamais postaria uma foto sua ao lado da bicicleta pichada.

Mesmo assim, ela sentiu algo quente e confortável, algo *familiar*, como se ao menos alguma coisa estivesse em seu lugar certo. Sem querer, sentiu um enorme carinho pelo amigo, como se ele fosse um bote salva-vidas no meio do oceano. No entanto, quando desceu mais algumas páginas do perfil, não encontrou nada a seu respeito.

Aquilo era estranho, já que Daniel vivia mencionando-a em postagens, como tirinhas e *links* do YouTube com clipes das suas músicas favoritas.

Ela teve vontade de chamá-lo no *chat*, mas novamente sua mão não a obedeceu. Passaram-se mais alguns minutos, nos quais ela apenas ficou olhando como uma tonta para a tela brilhante, até que a janelinha dele subiu ao lado da de Stefanie.

oi pentelha

Megan sorriu e sentiu um peso enorme deixar suas costas. Não percebeu que estava tão tensa até aquele alívio enorme inundá-la. Daniel ainda era Daniel, seu amigo, o cara que zoava com a sua cara, que andava de bicicleta com ela e que a abraçava quando estava triste.

Seus dedos pousaram sobre o teclado por alguns segundos e, novamente, Megan se sentiu nervosa. Como ela responderia? É claro que ela queria dizer "oi pentelho", como de costume, mas o que *a Outra Megan* diria? Era como se não pudesse confiar em si mesma. *Não, essa não sou eu,* ela pensou. E então se lembrou do nome na voz da sua mãe: *Megami.*

vc tá aí?

Responda, responda, droga, Megan quase implorou à garota estranha na qual se hospedava. Ela respondeu primeiro a Stefanie – alguma coisa idiota sobre o quanto Paulinho era gato – e só depois disse um simples *oi* para Daniel.

Seria um "oi" seco ou um "oi" normal? Megan odiou a internet naquele momento; não dava para saber direito como as pessoas se comportavam só olhando palavras escritas em uma tela. Ela queria mesmo era ver Daniel, pois só assim saberia se as coisas estavam certas como antes, como sempre.

então, bora voltar amanhã de bike? faz tempo que a gente não faz isso

Sim, Megan queria responder. Seus dedos pousaram sobre o teclado, mas o que apareceu digitado na tela foi:

vou no shops amanhã com a sté

Não, eu não quero ir ao shopping com a chata da Stefanie, foi o que Megan pensou de verdade, ao menos uma parte dela. Mas as palavras já estavam na tela, como um letreiro acusador, e Daniel respondeu um *"ah, ok..."*, com várias reticências, o que deveria querer dizer que ele estava tão desapontado quanto Megan, só que ela não conseguia forçar os dedos a digitarem o que sentia.

Ela tinha vontade de gritar de frustração, mas nem aquilo conseguia. Novamente sentiu aquela sensação, só que agora com mais intensidade. *Estava presa ali.* Presa naquele lugar onde tudo parecia errado, presa naquele corpo que não era seu. Não era o seu nome, sua identidade. Lá estava ela, sendo uma idiota com seu melhor amigo, e, mesmo sabendo disso, não conseguia se forçar a fazer nada a respeito. Era um pesadelo horrível e ela precisava acordar depressa.

"A gente se fala depois", disse Daniel e a bolinha ao lado do seu nome desapareceu. Megan não conseguiu escrever mais nada depois disso.

Capítulo Quatro – Espelho

Quando Megan abriu os olhos, o quarto estava escuro e apenas o visor do celular emitia uma luz fraca que deixava uma nesga cinzenta no lugar. Ainda se sentindo tonta naqueles primeiros segundos após o despertar, Megan não sabia onde estava. Olhou ao redor, mas não conseguiu distinguir as cores das paredes.

Por um instante um alívio sobrenatural a atingiu em cheio no estômago. Era só um sonho. Ela estava de volta.

Seu ânimo despencou em queda livre quando o celular começou a tocar a música programada do despertador. *Crazy in love,* Beyoncé. Aquilo estava muito, muito longe da Cássia Eller que costumava encher seu quarto todas as manhãs.

Megan fechou os olhos novamente, exausta, como se, fazendo isso, a sua antiga vida fosse voltar por mágica. Aquilo estava tão errado. Ela respirou fundo, soltando o ar entre dentes, sentindo ao mesmo tempo vontade de gritar e de chorar, mas sabia que não conseguiria fazer nenhuma das duas coisas.

Quando ela abriu os olhos novamente, o quarto se tornou mais nítido e as paredes eram rosa bebê de novo.

Ela tateou na mesa de cabeceira e pegou o celular. Sua primeira vontade foi atirá-lo na parede, mas no final acabou apenas desligando o despertador. Ainda ficou vários minutos apenas deitada, olhando o teto e se sentindo miserável. O que ela tinha feito para merecer aquilo? Tá certo que ela não era perfeita, nem tinha pretensão de ser, seria muito chato, mas também não era tão ruim assim. Não era uma pessoa má, era? Certamente não era daquelas que mereciam um castigo divino.

Mas você não está assim tão satisfeita com a vida que tem, disse uma vozinha chata com a voz da Outra Megan na sua cabeça. *E aqui a sua mãe está viva.*

Mas isso não queria dizer que ela queria jogar sua vida pela janela. Muito menos que a trocaria pela vida de uma garota que compensa a falta de amor em casa com compras no shopping.

O shopping. Droga, ela nem queria pensar no dia que teria pela frente. Sabia que era um dia de semana, então teria que ir para a escola. Tinha conversado com Daniel no dia anterior e ele perguntara se voltariam juntos de bicicleta. E ela disse não.

Como seria encontrar Daniel na escola? E as outras pessoas?

Megan se sentia enjoada. Será que alguém acreditaria se dissesse que estava doente e queria faltar? Quem sabe assim ela conseguiria sair daquele pesadelo, encontrar uma maneira de fugir. Talvez estivesse *realmente* doente, já que seu estômago parecia estar se contorcendo e achando muito divertido brincar de virar do avesso. Estava pensando nisso e inventando mil desculpas em sua cabeça quando alguém bateu à porta. Três toques secos e cronometrados.

– Anda logo, Megami, você vai se atrasar. Não vou repetir.

Era a voz *dela*. Da *sua mãe*.

Aquilo encheu Megan de um sentimento contraditório: ao mesmo tempo em que se sentia irritada porque a mãe a estava apressando, também se enchera de ternura apenas ao ouvir aquela voz.

Talvez... Talvez ela pudesse enfrentar aquele dia. Talvez, se ela saísse do quarto e fizesse muito esforço, as coisas poderiam ser diferentes. Ela poderia aproveitar o fato de estar presa naquele pesadelo e transformá-lo em um sonho bom.

Só aquele dia. Ver sua mãe, tomar o café da manhã com ela. Quem sabe ela poderia levá-la à escola e as duas conversariam, passariam um tempo juntas...

Megan se levantou, sentindo uma pontinha de esperança, mas não conseguiu se vestir tão depressa quanto gostaria. Novamente sentiu aquela impotência frente a algo mais forte, uma força que impulsionava seu corpo, como se ela fosse a mera telespectadora daquela vida. *Megami*, ou a Outra Megan – como ela gostava de pensar, demorou um bom tempo para escolher qual jeans usaria. Megan não achou que eles fossem muito diferentes e gostaria de pegar qualquer um no armário, mas Megami escolheu um com pedrinhas brilhantes nos bolsos. Certamente não seria a escolha de Megan. A Outra colocou a camiseta do uniforme, rasgada na barra, por cima de uma blusa branca de alcinha e ficou se admirando no espelho até que a mãe batesse na porta de novo.

– Seu pai vai sair em dez minutos e você vai ter que ir a pé!

Aquilo pareceu apressar Megami, porque ela se apressou em ajeitar o cabelo em um rabo de cavalo bem no alto da cabeça e depois passou rapidamente um batom e uma sombra nos olhos. Apanhou a mochila, o fichário e saiu correndo do quarto.

Não houve café da manhã. Mina olhou de cara feia quando a

irmã mais velha chegou à sala. Mas Megan não se importou; estava hipnotizada pela cena que via na porta de casa.

Seu pai e sua mãe se beijavam. Era um beijo terno e carinhoso. Aquilo ainda era o mesmo naquele mundo, o mesmo que Megan se lembrava. *Eles estavam felizes.* Eles estavam juntos e felizes, mesmo que Megan não estivesse. Ali, ela não era uma filha querida, mas sua mãe estava viva e seus pais eram inteiros, felizes.

Nem sempre as coisas são como parecem. Às vezes o mundo é um imenso teatro, disse uma voz sombria dentro de sua cabeça.

Megan a ignorou. Como ela poderia querer que aquilo acabasse? Como podia ser tão egoísta se o que tinha na sua vida de verdade era um pai triste que chorava ao mexer nas cartas de amor antigas da mulher morta?

Ela não percebeu quando lágrimas molharam seus olhos. Mas Megami notou.

– Droga – resmungou, tentando secar os olhos com a ponta dos dedos sem manchar a maquiagem. – Droga, droga, que saco!

Seus pais interromperam o beijo e olharam para ela. Megan se odiou por isso. Megami pareceu satisfeita por ter atenção.

– Até que enfim! – sua mãe exclamou com desagrado. – Vai ter que tomar um lanche na escola. Vão logo antes que atrasem seu pai.

– É culpa da Megami, eu não me atrasei! – Mina resmungou, daquele jeito que começava a irritar Megan. A menina mostrou a língua para ela e saiu batendo os pés atrás do pai.

Megan olhou para a mãe antes de sair, mas o que ela esperava não veio. Não houve um beijo de despedida, um desejo de "boa aula", *nada*. Nem a mãe, nem Megami, pareciam ter o costume de trocar carinhos desse jeito.

Houve uma pequena discussão antes de entrar no carro sobre quem sentaria no banco da frente ao lado do pai, que foi resolvida com um grito irritado de Renato dizendo para Mina se sentar no banco traseiro, caso contrário ele ganharia uma multa. Megami se virou para a irmã, desdenhosa, e mostrou a língua. Megan se sentiu muito estúpida por isso.

Quando o pai levava Megan e Mina para a escola, o caminho costumava ser divertido. Os três conversavam, riam, o pai contava histórias e piadas. Ele gostava de ligar em uma rádio que só tocava músicas dos anos 70 e 80, e Mina imitava o barulho dos sintetizadores com a boca. Às vezes, ela cantava músicas que aprendia na escola e Megan a acompanhava, só para ver a irmã feliz. Seu pai parecia gostar quando ela fazia isso.

Dessa vez ninguém falou.

O pai dirigia com impaciência, olhando direto para o celular que vibrava com insistência no capô. Mina jogava alguma coisa no *tablet*. Megami olhava pela janela em silêncio. Megan sentia um vazio no peito ao imaginar como seria aquele momento se estivesse com seu pai e sua irmã de verdade.

Mas aqui ele tem a sua mãe. Viva. Ele está mais feliz.

Megan olhou para o pai. Ele tinha um vinco entre as sobrancelhas, dando a impressão de estar constantemente irritado. Seu pai de verdade não tinha aquele vinco; em compensação, tinha várias rugas, olhos fundos e parecia eternamente cansado. Tinha apenas quarenta e dois anos, mas já parecia ser muito mais velho.

O sofrimento fazia aquilo com as pessoas.

Seu pai nessa vida não parecia sofrer, exceto de estresse no trabalho.

Seu pai de verdade sabia que se preocupar com o trabalho era pequeno perto das coisas tão dolorosas pelas quais passara.

Megan queria dizer algo a ele, conversar, como costumavam fazer, mas as palavras simplesmente não saíam. Ela não controlava aquele corpo; era a outra, Megami, que estava no controle. E Megami não gostava de conversar com o pai.

Quando o carro parou em frente à escola de Mina, a menina deu um beijo estalado na bochecha do pai, mas não em Megan. Sequer se despediu da irmã; saiu correndo com sua mochila das Meninas Superpoderosas a tiracolo e logo se encontrou com as amigas, com um enorme sorriso no rosto. Em sua vida de verdade aquele sorriso seria de Megan.

Será que aquilo incomodava Megami também?

Megan não conseguia dizer. Era como se Megami fosse uma casca vazia que funcionava no modo automático enquanto Megan estava ali dentro, presa, observando e sentindo, mas incapaz de dizer ou fazer qualquer coisa.

O resto do caminho foi feito novamente em silêncio. Parecia haver um abismo entre os dois bancos do carro, separando-os. Era tão diferente do que Megan estava acostumada que dava a impressão de que aquele homem ao seu lado não era seu pai.

E não era mesmo.

Aquela não era sua vida. Era a vida de uma garota com o mesmo rosto dela, mas totalmente diferente, até no nome.

Quando Renato parou o carro em frente à sua escola, Megan conseguiu observá-lo por alguns instantes, tentando tirar forças de um lugar desconhecido para fazer Megami dizer alguma coisa que valesse a pena, mas no fim as únicas palavras que saíram da sua boca foram um "até amanhã" intoxicado por ironia.

Megami bateu a porta do carro com estrondo e saiu correndo. Seu pai não apareceria em casa tão cedo e, quando voltasse do trabalho, não se importaria em falar com ela ou ao menos lhe desejar boa noite.

Ela sentia falta da presença e do amor do pai que Megan tinha por inteiro.

Foi só então que Megan entendeu que Megami também se sentia triste.

*

Megan respirou fundo antes de passar pelos portões da escola.

Reconhecia o lugar. Era a mesma escola, o mesmo prédio, o mesmo lugar. Olhou ao redor e reconheceu vários rostos. Mas como será que eles a viam naquele mundo?

Tinha chegado cedo; isso realmente era um costume do pai e não parecia diferente naquele mundo. Mina entrava cedo na escola e para ele era melhor entrar cedo também, assim poderia deixar o trabalho antes. É claro que ali isso não acontecia e ele provavelmente chegava mais cedo para trabalhar *mais.* Megan fechou os olhos e tentou desviar aqueles pensamentos. Pensar no pai parecia doer duas vezes: nela e em Megami.

Sentia falta dele.

Não adiantava pensar nisso agora. Tinha um dia para enfrentar.

Provavelmente poucos alunos estariam nos corredores ou na sala àquela hora. Daniel chegava quase sempre em cima da hora, apesar de ser tão CDF. Segundo ele, ser *nerd* e estudioso não significava que ele não podia dormir demais e perder o horário. Geralmente ficava até tarde jogando e acordava quase na hora de sair. Mas como seriam as coisas com Daniel ali, afinal?

Megan se lembrou do dia anterior. Megami parecia preferir sair com uma garota que Megan detestava a encontrar seu melhor amigo. *E se ele não fosse seu melhor amigo ali?* Essa pergunta a atormentava. Daniel era seu amigo, ao que parecia, mas Megami também tinha outros amigos. E se ele não fosse tão importante quanto no mundo de Megan?

Ela não queria pensar nisso, mas era impossível não se preocupar.

De qualquer maneira, ela não conseguia controlar suas pernas, e elas a levaram direto para a sala de aula.

Megan costumava sentar na segunda carteira, na fileira da janela, atrás de Daniel. Algumas vezes a sua obsessão por estudos era irritante. Megan bem que gostaria de se sentar um pouco mais ao fundo, mas ele insistia em querer a primeira fileira (e todo mundo tirava sarro por isso). No final, ela cedia, pois de qualquer jeito não ia ficar longe dele.

Porém, quando Megami a levou para a sala, ela foi direto para as carteiras mais ao fundo, perto da porta. Duas meninas estavam conversando e rindo: Stefanie e Renata.

Megan detestava as duas. Elas viviam tirando sarro dela. Não havia um dia que não a provocassem ou dissessem algo maldoso. Megan odiava tudo nelas, desde os cabelos bem escovados até as unhas pintadas com desenhos.

Megami, no entanto, parecia gostar muito delas.

– Oi, meninas – ela disse com sua voz um tanto aguda demais.

– Meg! – Stefanie exclamou, abrindo um sorriso vermelho de orelha a orelha. Megan achou que ela tinha exagerado no batom, como sempre; o efeito era patético. Jamais entenderia por que algumas garotas se maquiavam para ir à escola, era de manhã, cedo demais. Mas o que ela estava dizendo? Ela estava maquiada também.

Não, não estou, é a outra que está.

Megami jogou suas coisas na última carteira. Renata, que estava sentada ali, logo trocou de lugar como se tivesse levado um choque elétrico, e se sentou na carteira ao lado de Megami. Era uma garota magra e reta demais, que usava sutiãs cheios de espuma para parecer que tinha seios. Seus cabelos castanhos tinham uma cor deprimente, mas ela visitava muito o cabeleireiro tentando arrumá-los. Queria tanto ser amiga de Megami que vivia agradando a garota o tempo todo, o que era superirritante.

Megan não entendia como sabia de tudo aquilo, mas sabia. Era como se começasse a ter acesso aos sentimentos e pensamentos de Megami, e ela parecia detestar as próprias amigas quase tanto quanto Megan.

Elas passaram vários minutos intermináveis fofocando. Stefanie não parava de falar do tal Paulinho, que não era da sala delas e em quem ela obviamente estava muito interessada. Megan tinha uma noção muito vaga de que o cara era um aluno mais velho, do segundo ano, mas ainda não tinha ligado o nome à pessoa. E afinal de contas não importava, porque ela estava mais preocupada em observar a porta da sala procurando por outro garoto. Sua vontade de vê-lo, de encontrar uma pessoa amiga e sã naquela loucura de vida, era tão grande que Megan conseguiu forçar Megami algumas vezes a fixar o olhar na porta, até que Stefanie percebeu.

– O que tanto você olha, Meg?

– Quê? – Megami respondeu distraída. – Não estou olhando nada.

– Ah, está sim – Stefanie insistiu, espichando o pescoço fino para tentar enxergar alguém invisível. – Sua cachorra, está interessada em alguém e não me contou?

Foi nesse mesmo instante ele entrou.

Daniel continuava com os mesmos cabelos pretos mal penteados e as pernas compridas; usava sua calça surrada, larga demais e cheia de bolsos em que Megan costumava guardar coisas como seu celular e os documentos, quando andavam de bike. O garoto andava meio curvado pelo peso dos muitos livros que trazia na mochila: os da escola e os que pegava emprestado na biblioteca para devorar. Os dois, ele e Megan, costumavam sentar nas almofadas de lá no intervalo, juntos. Enquanto Daniel lia seus livrões, Megan passava o tempo desenhando ou jogando no celular. Ele vivia reclamando com ela por causa disso, mas não a criticava quando ela escolhia desenhar. Algumas vezes, para ele parar de atormentá-la, Megan trazia o exemplar de *Harry Potter* que ele lhe emprestara.

Megan sentiu o estômago se contorcer de desgosto e saudade ao se lembrar daquilo. Ela ficou observando o amigo caminhar até o outro lado da sala e se sentar na carteira de sempre. Daniel lia um livro enorme e nem ergueu os olhos para procurar por ela.

– É pra aquele esquisito que você tava olhando, Meg? – Stefanie perguntou com desagrado. – Tá zoando, né?

– Ele não é meio retardado? – Renata perguntou com uma careta.

Megan teve vontade de dar um soco naquela garota idiota, ou melhor, nas duas, mas obviamente Megami não fez nada do que ela queria.

– Quê? Eu não estava olhando para ele.

– Eu não entendo por que você ainda fala com ele – Stefanie insistiu. – Ok, ele até que é *meio* bonitinho, nada como o Paulinho, claro... Mas é tão... esquisito.

– *Tão* esquisito. – Renata repetiu como um papagaio, arregalando os olhos.

– Ele tem as sobrancelhas grossas demais – Stefanie comentou, como se sobrancelhas fossem um fator de extrema importância para o destino da humanidade.

– Ele anda todo desengonçado – Renata emendou.

– A gente se conhece desde a segunda série, só isso – Megami disse num tom de desinteresse, mas Megan sentiu que ela tinha vergonha disso.

Vergonha de Daniel.

Megan a odiou por isso.

– Você não deveria mais falar com ele. Vai pegar a doença da esquisitice qualquer dia desses – Stefanie comentou com deboche, fazendo Renata dar risadinhas.

Megami, para a surpresa de Megan, não riu. Mas ela ainda tinha a sensação de que a garota estava sem graça por causa da sua amizade com Daniel.

Elas precisaram parar de falar logo em seguida porque o professor de química entrou na sala. Megan, no entanto, não conseguiu prestar atenção em nenhuma palavra; ficou a aula inteira olhando Daniel fazer suas anotações no caderno. Ele ficava muito perto da folha de papel, espremendo as coisas que o professor dizia com sua letra garranchosa. Megan percebeu que a carteira atrás dele ficara vazia todo o tempo. *A sua carteira.*

Se ele a tinha convidado para voltar de bicicleta para casa queria dizer que eles ainda eram amigos, não? Ela e Daniel?

Ou Daniel e Megami?

De certa maneira, isso dava esperanças a Megan, mas ao mesmo tempo a inundava de um sentimento desconfortável. Apesar de desejar com todas as forças que ainda fossem amigos, ela também não gostava de imaginar Daniel e Megami juntos, compartilhando a mesma amizade dela com ele. Não parecia certo. Aquilo era algo só seu, não daquela estranha. Megami não era ela, era outra pessoa.

E Megan não gostava dessa pessoa.

*

No intervalo, Daniel não estava em nenhum lugar.

Megan se sentou com Stefanie e Renata. Ela podia estar no corpo de outra pessoa, mas ainda sentia fome e esperava que Megami não pulasse o lanche como tinha feito com o café da manhã.

Enquanto Stefanie falava das compras no shopping e da festa

do final de semana (Renata não poderia ir às compras com elas, pois tinha aula de inglês naquela tarde, não que isso parecesse incomodar alguma das outras meninas), Megan ficou tentando imaginar um jeito de fazer Megami sair dali. O problema nem eram as garotas, era Megami: como fazê-la ter vontade de ir embora? Megan ainda não entendia como aquele pesadelo funcionava, mas às vezes parecia conseguir influenciá-la se realmente quisesse, como quando a fez observar Daniel entrar na sala. Será que conseguiria fazer o mesmo de novo?

Pelo menos Megami parecia ter o mesmo gosto que ela para lanches: pão de queijo e chocolate quente. Megan ficou com medo de ser algo sem gosto, já que Megami era bem mais magra e poderia ser do tipo de garota obcecada pelo corpo ou algo assim. Tá bem que Megan queria perder uns quilinhos, mas nada no universo a faria comer um daqueles sanduíches naturais da cantina cheios de cenoura. E, apesar daquela situação bizarra, ela ainda sentia o gosto da comida. Era como se ela e Megami compartilhassem tudo, tudo mesmo.

Enquanto isso, Stefanie voltou a falar do tal Paulinho. Megan começou a criar cenários impossíveis em sua cabeça, todos eles culminando com os dois enterrados na areia e Megan jogando água na cara deles com uma pistola. Quando o assunto estava se tornando insuportável, as pernas de Megami se puseram de pé tão bruscamente que Renata quase derrubou suco de laranja na roupa.

– Onde você vai? – Stefanie perguntou, interrompendo o monólogo.

Cheia de uma raiva que não parecia sua, a voz de Megami jorrou as palavras que Megan tinha pensado:

– Vou dar uma volta.

– O quê? Mas aonde você vai? – Stefanie insistiu. Ela usava um tom que indicava que não estava acostumada a ficar sem saber das coisas. Aquilo irritou Megan ainda mais.

– Preciso ir ao banheiro – Megan, não Megami, disse. Era como se, por alguns instantes, as duas estivessem lutando na água e Megan tivesse subido à superfície, enquanto Megami estava embaixo, lutando para não se afogar.

Era sufocante e assustador, mas também libertador. Megan se sentiu poderosa, mas logo percebeu que não era bem assim e precisava juntar toda sua força de vontade para manter Megami abaixo da superfície. Era como se a estivesse empurrando com toda força enquanto a garota continuava a lutar.

– Ah, por que não disse logo? – Stefanie perguntou. – A gente vai com você.

– Não! – Megan disse depressa, sentindo Megami quase lhe alcançando. A sensação era de uma mão poderosa puxando-a para baixo. – Tô meio que com de dor de barriga, vai ver a comida não caiu bem... Não quero vocês duas lá comigo, já, já eu volto – ela tentou colocar o máximo de persuasão na voz.

– Você tá mal? – Renata perguntou.

– Já vai passar – Megan conseguiu dizer. – É sério, já volto.

Deixando uma Stefanie contrariada e uma confusa Renata pra trás, Megan forçou os pés de Megami a se colocarem um na frente do outro. Ainda a sentia tentando alcançar o topo, tomar conta de si mesma, e a sensação era dolorosa. Era como ter unhas a arranhando, e Megan tinha que nadar com muita força para se manter respirando. Ela sentia falta de ar e sua respiração estava ofegante enquanto subia as escadas, tropeçando nos próprios pés, apavorada que Megami pudesse recuperar o controle e ela ficasse presa novamente.

Megan correu para o único lugar que conseguiu pensar.

A biblioteca.

Quando entrou quase gritou de alívio. Lá estava Daniel deitado nas almofadas, escondido atrás de um livro de capa azul. Megan sentia que até conseguia respirar melhor ao vê-lo; as garras de Megami tinham afrouxado de alguma maneira, ou talvez Megan tivesse retomado o fôlego.

Ela olhou ao redor: a biblioteca era exatamente como se lembrava. As estantes de metal abarrotadas de livros, o piso branco, as enormes janelas que iluminavam todo o lugar. Por último, a área infantil, com gibis e as almofadas coloridas que ela e Daniel adoravam.

Megan caminhou até o lugar, sentindo-se agora oprimida pelo medo. E se Daniel não quisesse falar com ela? E se estivesse magoado? E se a detestasse? Ficou difícil respirar de novo, mas dessa vez não era por causa de Megami: a outra garota parecia adormecida, quase como se não existisse mais.

Será que Megan a tinha matado?

Não seja tola. Como matar alguém que está dentro do seu corpo?

Megan parou na frente de Daniel, com a esperança quase infantil de que ao encontrá-lo e falar com ele tudo fosse voltar ao normal feito mágica e, quando ela menos esperasse, sua vida estaria de volta e ela perceberia que aquilo tudo fora apenas um sonho muito ruim.

Mas Daniel sequer a notou. Estava tão absorto na leitura que nem percebeu que havia uma garota de pé, à sua frente, observando-o sem piscar. Deveria estar parecendo uma maluca daquele jeito. Megan teve que juntar toda sua coragem para pigarrear e falar:

– Anh... oi? Daniel?

Ele ergueu apenas um dedo, como que dizendo para ela esperar. Megan sorriria se não estivesse tão nervosa; era algo típico de Daniel, ele fazia isso quando queria terminar de ler um parágrafo. Não deu outra: o garoto leu mais um pouco e, depois de alguns segundos, ergueu os olhos. Suas sobrancelhas – que realmente eram bastante grossas, Megan nunca tinha se dado conta disso – se ergueram com o que ela sabia reconhecer como sarcasmo.

– Olha só quem veio visitar o lado perdedor do colégio.

Todo seu ânimo despencou. Megan ficou olhando para Daniel sem saber o que dizer, enquanto o garoto a encarava de volta esperando uma resposta inteligente – sim, era o que certamente ele esperava. O problema era que Megan não tinha a mínima ideia do que dizer.

– Posso me sentar aqui? – finalmente perguntou, indicando o quadrado amarelo com a letra B ao lado dele.

Daniel suspirou e deu de ombros. Megan se sentou, cercada por um silêncio desagradável.

– Desculpe – a palavra pulou da sua boca antes que ela se desse conta. – Você tá chateado.

Daniel fechou o livro bruscamente, pousando-o no chão, irritado. Megan não conseguia olhar para ele, então fixou os olhos no título. Era *A Culpa é das Estrelas*, de John Green. Daniel já tinha falado dele para Megan, mas ela se recusou a lê-lo. A protagonista tinha câncer e ela já tivera uma dose suficiente dessa doença por uma vida inteira.

Sua mãe não está morta aqui, ela jurou ter ouvido a voz de Megami dentro de sua cabeça, debochada. *Aqui ela está muito viva.*

Megan fechou os olhos, tentando apagar aquela voz. Sentiu uma pontada, rápida, forte e passageira, quase como se não tivesse existido, mas ela sabia que a dor tinha estado ali, muito viva. Parecia um aviso sinistro de Megami, dizendo que estava ali, bem perto, e poderia voltar a qualquer momento.

– Você sempre faz isso – Daniel reclamou, realmente magoado.

– Faz as coisas, fala coisas, some, e depois vem pedir desculpas, com essa cara de cachorrinho abandonado.

Megan finalmente olhou para ele. Daniel encarava um ponto fixo, talvez a dona Bárbara, a bibliotecária, que catalogava livros novos no balcão. Então ele e Megami eram amigos de alguma maneira. Isso era um alívio.

Só que ela vivia magoando-o e deixando-o de lado por causa de outras pessoas.

– Desculpe, Dan... Não vou fazer mais isso, prometo.

Era verdade e ao mesmo tempo uma terrível mentira. Era desonesto fazer isso. Ela não poderia prometer nada, não enquanto estivesse na corda bamba com Megami, não enquanto não entendesse aquele lugar (ou aquela alucinação, porque às vezes achava que estava maluca). Mas enquanto Megan estivesse ali e no controle, ela desejava com todas as forças não mais magoar seu amigo. Imaginou-se mandando Stefanie e Renata para as cucuias e depois se sentando na carteira vaga logo atrás do garoto, mas logo percebeu que nada daquilo era certo; Megami poderia dominá-la a qualquer momento.

Ainda estou aqui.

Assustada, Megan não percebeu que Daniel agora a encarava, surpreso.

– Eu nem lembro qual foi a última vez que você me chamou de Dan, Megami.

Um gosto amargo tomou conta de sua boca quando ouviu aquele nome na voz de Daniel. Sentiu novamente as unhas de Megami, como se ela também tivesse ouvido. Por um instante maluco, Megan pensou em contar tudo ao amigo, mas logo depois descartou a ideia. Era loucura demais, ele não acreditaria naquela doideira. E se ele pensasse que ela estava rindo dele, inventando histórias para tirar com sua cara? Seria bem o tipo de Megami fazer isso, pelo pouco que Megan achava que a conhecia. Além disso, ela mesma não entendia o que estava acontecendo, então, como explicar uma coisa dessas?

Ainda assim, não poder falar também a fazia se sentir infinitamente solitária, como se fosse uma ilha no meio do oceano. Ela não tinha ninguém naquele lugar.

Você tem a mim, disse Megami, lá embaixo. *Agora, saia daí, eu quero voltar!*

– Talvez eu não esteja sendo eu mesma – Megan deixou escapar em tom de desabafo.

– Você não é mais a mesma há muito tempo, Meg... Megami – ele emendou, desconcertado. Megan queria desesperadamente que ele a chamasse como sempre fez, mas Daniel parecia envergonhado demais para isso. Desviou novamente o olhar, muito sem graça para encará-la. – A gente não conversa direito há tanto tempo que nem sei mais se somos amigos. E, por favor, não vá falar que eu tô te cobrando, remoendo mágoas, que isso é normal e blá, blá, blá... É o que sinto, só isso. E se tu não quer mais minha amizade, é melhor dizer de uma vez por todas ao invés de me tratar assim.

– Mas eu quero continuar sendo sua amiga!

– Então prova! – Daniel a desafiou. – Quero só ver tu falar comigo na frente das suas amigas! Quero ver tu algum dia fazer alguma coisa comigo ao invés de sair correndo atrás delas!

Megan engasgou, desesperada. Queria muito fazer isso, de verdade, mas já sentia as mãos de Megami. Ela não poderia assumir o controle agora, não ali, não na frente de Daniel. Os dedos pegajosos já estavam alcançando suas pernas e Megan sentia cada vez mais falta de ar. Ela precisava fugir, precisava deixar aquele corpo, aquele lugar.

Só que fazer isso era também deixar Daniel. Sua família. *Sua mãe.*

Mas ela tinha uma família esperando do outro lado também. Seu pai, Mina e Daniel, o seu amigo, um amigo que ela não tinha magoado.

A sua família, o seu amigo, a sua vida.

Do outro lado...

Do espelho.

Como ela não tinha pensado nisso antes?

Eles ficaram se encarando por longos segundos até que Megan se levantou e disse:

– Vou dar um jeito de mostrar a você, Dan. Só espere. Prometo.

*

Megan correu como nunca na direção contrária ao mar de alunos que voltava do intervalo em direção às salas de aula. Suas pernas tornavam-se cada vez mais fracas ao mesmo tempo em que lutava para impedir que Megami assumisse novamente o controle. Ela *precisava* chegar lá antes disso. Estava convencida de que essa era a saída que estivera procurando desde o início desse horrível pesadelo. Ela voltaria e então teria de volta sua vida de verdade, com seu pai, sua irmã e Daniel. Tinha certeza que seria assim que se libertaria dessa prisão.

Abriu a porta do banheiro com tudo e apoiou as mãos na pia, frente a frente com sua imagem refletida no espelho. Seu coração batia depressa por causa da corrida e da força que fazia para lutar contra Megami, que a puxava para o fundo, enquanto Megan a chutava com toda sua força e desespero.

– Vamos, vamos...

A imagem que a encarava do outro lado do espelho era a mesma que ela via desde o dia anterior: uma garota de cabelos claros, maquiada e com um corpo mais esguio que o seu, usando roupas brilhantes que ela jamais usaria. A única diferença era sua expressão: o olhar assustado, frágil, desesperado. Era Megan refletida naquele olhar.

Ela tocou o espelho com a ponta dos dedos, esperando que se dissolvesse, rezando para que aquele sonho acabasse e ela voltasse...

Mas as palavras que saíram dos seus lábios a afogaram em medo:

– A sua voltinha acabou, garota.

E era Megami que a olhava de volta no espelho.

CAPÍTULO CINCO - AFUNDANDO

Megan afundava.

Ela caía cada vez mais em direção ao fundo. Havia uma luz no alto que diminuía aos poucos, tornando-se um mero ponto luminoso, fraco e débil. Ela era sua única esperança, mas estava se afastando mais e mais enquanto a escuridão tomava conta de todo o resto.

Megami retomara o comando e parecia muito mais alerta agora.

Megan não sabia mais como poderia fugir.

O dia passou num borrão de acontecimentos; até mesmo acompanhá-los tornou-se mais difícil. Megan sentia como se estivesse em transe, quase adormecida, assistindo a tudo de muito longe. Era como estar em um sonho, mas não conseguir se lembrar dele. Aquela sensação entre o dormir e o despertar, quando sabemos que estamos sonhando, mas o sonho começa a desaparecer.

Só que Megan não conseguia acordar. Era tão desesperador como estar debaixo d'água. Megan sentia-se cega, paralisada, e só conseguia sentir o horror de estar completamente presa em outro corpo, e pior, em outra mente.

Megami a empurrava cada vez mais fundo, vingativa, cheia de uma raiva vermelha e intensa. Será que era isso que ela tinha sentido antes, quando Megan assumiu o controle? Esse horror sufocante, esse desespero?

O que importava era que Megami agora não facilitaria as coisas. Ela também percebera o que tinha acontecido. E, se dependesse dela, Megan permaneceria no fundo daquelas águas negras até se afogar.

*

Quando Megan conseguiu emergir o suficiente para observar a vida pelos olhos de Megami, ela já estava novamente em casa e várias horas tinham se passado. Megan espiou silenciosa, como uma criança malcriada assistindo televisão de madrugada às escondidas.

Megami não podia perceber que ela estava tão perto novamente. Além disso, Megan ainda se sentia fraca e cansada, como se tivesse nadado quilômetros. Não poderia arriscar ir para o fundo novamente.

Após passar toda a tarde no shopping com Stefanie, Megami chegara em casa quando a mãe já estava colocando o jantar na mesa. Ela entrou em silêncio e se postou encostada no batente da porta da cozinha. Olhou para a mesa: três pratos já estavam colocados. Seu pai não jantaria com elas, obviamente.

A mãe pegou alguns talheres na gaveta. Ela se virou e olhou para Megami; a garota, por sua vez, sustentou o olhar, ainda em silêncio. Algo escuro e pegajoso pairava entre as duas e fedia a mágoa.

– Você demorou hoje – a mãe disse com indiferença, colocando os talheres ao lado dos pratos.

– Saí com a Stefanie.

Sua mãe deu de ombros, como se aquilo não importasse. Mesmo assim, continuou puxando assunto.

– E foram onde? Na casa dela?

– Não, no shopping. Vai ter uma festa no final de semana.

Isso a fez erguer os olhos. – Você não disse nada sobre isso.

– Preciso?

– Claro que precisa.

Megami deu de ombros.

– Achei que não precisasse. Você não fala comigo direito há um tempão. E o pai... bem, ele *nunca* tá em casa, né? Achei que não quisessem saber.

As palavras de Megami estavam impregnadas de rancor: era aquele sentimento negro e rançoso que a atingira anteriormente. Megan se manteve silenciosa, mas sabia que toda aquela mágoa também deixava Megami vulnerável.

A mãe espalmou as mãos na mesa e ficou parada alguns instantes, respirando fundo, com um ar cansado. Ela observou os azulejos brancos com flores; eles davam uma sensação de lar à cozinha, um ar de tranquilidade. Megan, no entanto, sentiu o pensamento que passou pela cabeça de Megami: *era tudo mentira.*

Aquele lar, aquela família, *tudo.*

Isso assustou Megan. Ela se encolheu em um canto da mente de Megami, silenciosa, esperando o que viria a seguir.

– Eu não vou falar direito com você até que admita que estava mentindo, Megami – a mãe disse. Megan se surpreendeu ao encontrar lágrimas ao redor dos seus olhos. Ela teve vontade de abraçar a mãe, acalmá-la, mas a mulher ainda não a olhava. Parecia tão ferida que seria capaz de odiar a própria filha naquele mesmo instante. Talvez realmente a odiasse.

Megami, por sua vez, teve novamente aquela onda amarga de mágoa subindo-lhe até a boca, criando um nó na garganta que afogava ambas.

– Eu não estava mentindo. Não vou fingir que não vi nada, que não sei de nada. Vi tudo muito bem e não posso me forçar a esquecer. Não serei covarde como você, mãe.

– Eu não sou covarde! – A mãe ergueu a voz, finalmente encarando Megami. As lágrimas deixavam seus olhos brilhantes, mas ela insistia em não derramá-las. – Você é que é uma mentirosa!

Megami fez algo que assustou Megan. Ela riu alto, riu de verdade, mas a risada escorria amargura. Era triste, mas também cruel.

– Então somos duas mentirosas, mãe. Mas você é pior: você mente para si mesma.

– SAIA DAQUI! – a mãe finalmente perdeu o controle. Ela avançou um passo na direção da filha, a mão erguida, mas então percebeu o que estava fazendo e se deteve. Encarou Megami com os olhos arregalados, numa expressão horrível que contorcia seu rosto, um olhar que Megan jamais vira na própria mãe. Ela reconhecia aquilo, mas não numa situação como aquela; era sofrimento, mas não o mesmo tipo de dor que marcara o rosto de sua mãe naqueles últimos meses que precederam sua morte.

Megami manteve-se inabalável, quase fria, de pé e ereta, encarando a mãe com firmeza. Por dentro, porém, Megan conseguia sentir o desespero, a solidão e a tristeza que inundavam a garota. Mas Megami também sabia que estava certa e jamais cederia, mesmo que isso significasse perder o amor da mãe. *Amor que talvez jamais tenha sido seu.*

Porque elas um dia se amaram. Megan não sabia explicar, mas sentia isso.

As duas, mãe e filha, continuaram encarando uma à outra, medindo-se, até que alguém apareceu atrás de Megami. Era Mina. As duas olharam para a menina. Ela estava abraçada a Alanis, fungando. Tinha ouvido a gritaria e agora estava chorando.

A mãe atravessou a porta da cozinha, esbarrando o ombro em Megami, que recuou. Ela apanhou Mina no colo, abraçando-a com força, tentando acalmá-la, mas Megan percebeu o mesmo que Megami: na verdade, a mãe abraçava Mina tentando acalmar a si mesma.

– Vá para seu quarto – ela disse finalmente, num tom de voz mais baixo, ainda agarrada a Mina. – Você vai ficar sem jantar.

Megami não se mexeu; continuou olhando para as duas, cheia de rancor. Havia vários sentimentos conflitantes dentro dela: raiva, amor, decepção, ciúmes.

Ela é capaz de arriscar tudo para manter as aparências, o conforto da normalidade.

Megan sentiu o pensamento de Megami como se fosse seu. E doía.

Mas ela não sabe do que eu sou capaz.

Aquele pensamento gelou os ossos de Megan.

– O que está esperando? Saia! Está assustando sua irmã!

Megami finalmente arrastou as pernas na direção do quarto, lançando um último olhar ferido para a mãe.

E Megan, pela primeira vez, sentiu por ela algo que parecia ser pena.

*

Megami se trancou no próprio quarto.

Megan sentia o ódio pulsar dentro dela, *perto dela*, como um organismo vivo e apavorante. Ela quase podia vê-lo rastejando, farejando, a respiração ruidosa e rascante.

Enquanto isso, Megami revirava seu armário.

Ela mergulhou em um mar de vestidos, calças e sapatos, revirando-os, procurando algo que Megan não conseguia entender o que era. Ela só sabia que, quanto mais roupas Megami revirava e jogava pelo quarto, mais ela se enfurecia e aquele sentimento pegajoso se aproximava, como um monstro a rodeando.

Foi então que Megami encontrou o que procurava. Era uma caixa de sapato, vermelha, pequena e infantil. Havia um adesivo desbotado da Mônica girando o Sansão na tampa. A garota se sentou no chão com a caixa no colo, mas hesitou antes de abrir a tampa.

– Você tá aí?

A pergunta ecoou pelo quarto vazio. Megan se encolheu, assustada. A voz de Megami era fria e cheia de rancor. Ela se levantou, colocou a caixa sobre a cama e se encarou no espelho da penteadeira. Megan ficou frente a frente com ela. Seus olhos estavam injetados, quase vermelhos.

– Responda. Quem é você? – ela insistiu, a voz saindo entre os dentes.

Foi só então que Megan se deu conta de que Megami estava falando com ela. Por um segundo, ela conseguiu se enxergar no olhar que retribuía o seu no espelho.

Eu... eu acho que sou você.

Os olhos frios de Megami substituíram os seus.

– Não, não é – Megami retrucou, quase cuspindo as palavras. – Você é fraca, fraca como ela. Eu fico sentindo você aí dentro, com peninha dela. Com pena de todos eles. Até de mim. Eu não quero que você sinta pena de mim, entendeu?

O que aconteceu com você? E com eles? Essa não é a vida que eu conheço.

Megami sorriu, mas era um sorriso irônico, sagaz.

– E como é a sua vida?

Megan hesitou; não confiava nela. Mas então sentiu uma urgência, uma força súbita em suas entranhas que reconheceu como parte de Megami.

– Você está vendo toda a minha vida – ela disse. Olhou por cima do ombro, para a caixa que estava sobre a cama, fechada. – Já lhe mostrei muita coisa, mas agora é a sua vez. Tenho o direito de saber como é a sua vida.

Mas eu nem entendo como isso funciona. Não sei por que estou aqui. Não deveria estar aqui.

– Nisso nós duas concordamos. Mas já que está, podemos descobrir se há algo a ganhar com a situação, não acha?

Megan não respondeu, estava assustada demais, confusa demais. Não sabia se era isso que queria. Era o que Megami queria, não ela, e ela tinha razão, elas definitivamente não eram a mesma pessoa, apesar de terem o mesmo rosto e a mesma família. Megan só queria voltar para casa.

– Você quer voltar pra casa? – Megami capturou seu último pensamento. Megan daria um pulo de susto se pudesse. – Tem certeza? Pelo que acompanhei dos seus pensamentos, você bem que gostaria de ter uma mãe como a minha. O porquê eu não entendo.

O pensamento voou antes que Megan conseguisse contê-lo.

Minha mãe está morta.

As sobrancelhas de Megami se ergueram no espelho. Ela parecia surpresa, mas não compadecida. Isso enfureceu Megan de uma maneira que nem ela mesma compreendia e a fez ter coragem de enfrentar Megami.

Eu não entendo como você pode sentir tanta raiva da nossa...

quer dizer, da sua mãe. Como pode tratá-la desse jeito? Você não sabe como é não tê-la em sua vida... Como é perdê-la.

– Você não a conhece – Megami disse lentamente. O ódio que brilhava em seus olhos foi substituído por um pesar maior que tudo. – Mas você tem razão, eu não sei mesmo como seria a minha vida sem ela. Que tal se você me mostrasse?

As palavras fugiram novamente. Megan não sabia como responder. O que Megami queria dizer com aquilo? Que ela visitaria seu mundo, sua vida, assim como Megan fez?

O que você sabe sobre o que está acontecendo conosco?

– Tanto quanto você – retrucou Megami, séria como Megan jamais a vira. – Mas não vou ficar aqui sentada, esperando que algo aconteça. Essa é a diferença entre nós duas, percebe? Eu quero e vou descobrir o que está acontecendo. E farei o melhor por mim. Se você vai me ajudar ou vai ficar aí parada é problema seu.

Megan não respondeu. Não sabia como, o que dizer, afinal? Não importava o que quisesse, estava atrelada a Megami, como se ambas estivessem ligadas por correntes invisíveis. Se negasse isso, Megami continuaria lutando contra ela e fora fácil perceber, antes, como ela era forte. Mas ficar ao seu lado... Também parecia perigoso.

Megami caminhou até a cama, apanhou a caixa e voltou a guardá-la bem fundo no armário, no mesmo lugar onde a encontrara. Ela não iria lhe mostrar mais sobre sua vida enquanto Megan não fizesse o mesmo. Foi aí que Megan tomou uma decisão.

E então, o que faremos?

– Primeiro você me mostra como passar para o seu lado.

E se eu não souber?

– Ah, você sabe. Você sabe sim, *Megan*.

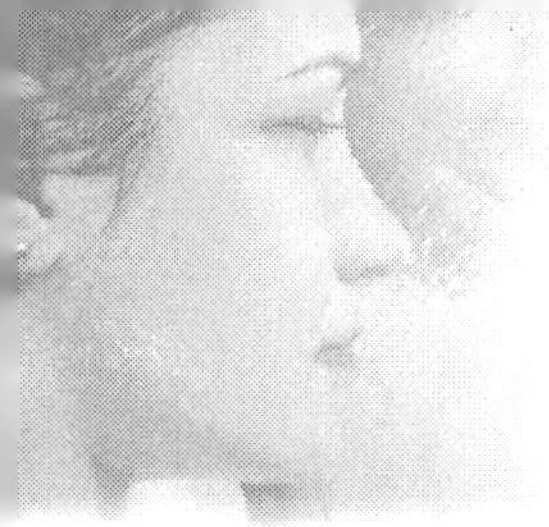

capítulo seis – Lar

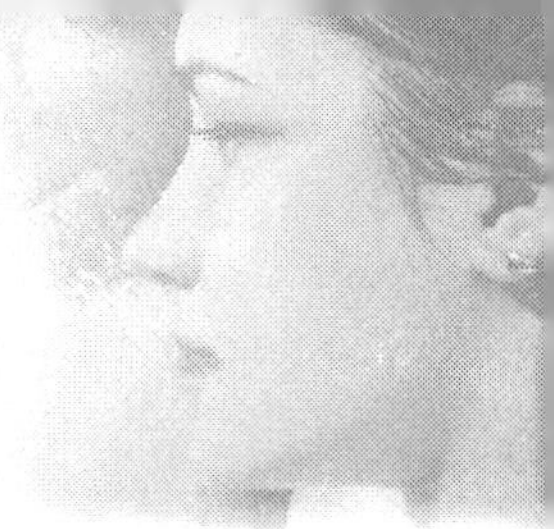

Depois da conversa na frente do espelho as coisas mudaram entre Megan e Megami, mas isso não queria dizer que estivessem mais fáceis para Megan.

Megami parou de lutar contra ela, porém não lhe permitia subir à tona. Ela a ouvia e a mantinha por perto, mas fazia questão de ficar no comando. Megan teve que engolir seus desejos e tentar se manter calma, principalmente porque, quando ficava tensa ou assustada, Megami conseguia penetrar em seus pensamentos. Parecia ser uma via de mão dupla e, apesar da trégua temporária, Megan ainda não sabia se podia confiar na garota.

Elas passaram mais um dia juntas: dormindo, acordando, vivendo. Foram à escola e, dessa vez, Megan não atrapalhou Megami quando ela estava com as amigas, mas as duas estavam distraídas e ansiosas. Não apenas Megan, como também Megami queria voltar logo para casa.

Na saída, Megami estava conversando com as amigas na porta da escola quando Daniel passou por elas; ele lançou um olhar profundo para Megami, mas não disse uma palavra. Megan, porém, não conseguiu ignorá-lo: tinha que falar com ele, precisava de algo familiar, de um amigo, e Daniel parecia ser o único que não mudara por completo naquela vida. Na verdade, Megami é que era diferente com ele, mas Daniel ainda era o mesmo.

Vamos voltar para casa com o Daniel, ela disse dentro da cabeça de Megami. Era a primeira vez que dizia algo naquele dia. Por toda a manhã tentara se manter silenciosa, respeitando o trato com Megami. Mas era impossível se manter impassível quando Daniel estava ali, tão perto e – Megan sabia – tão magoado.

Megami não respondeu. Continuou conversando com as amigas, como se nada tivesse acontecido.

Por favor, Megami, ele está indo embora. Vamos.

Megami sorria por dentro, mas continuava silenciosa. Mesmo assim, ela se despediu das amigas e recusou o convite de Stefanie para almoçar na casa dela. Sem pressa alguma, começou a seguir o mesmo caminho que Daniel tomara.

– Então você quer que voltemos junto com ele? – ela perguntou em voz alta, quando estavam a uma distância segura da escola, o suficiente para não parecer que Megami estava falando sozinha (o que realmente estava, afinal).

Sim, não tem nada de mais. – Megan se apressou em dizer.

– Ah, é? Por que você quer isso?

Porque ele é único que não mudou por aqui. E você não dá a importância que ele merece. Não deveria tratá-lo desse jeito. Ele está magoado com você, sabia?

Ela decidiu ser sincera. Precisava que Megami entendesse que aquilo era importante. E também não se importou que ela ficasse ofendida; a garota era mesmo uma idiota com Daniel, um cara que era seu amigo havia tanto tempo e que não merecia esse tipo de tratamento.

– Eu não o trato mal, gosto dele – Megami retrucou, surpreendendo-a. – Eu só...

Você tem vergonha dele.

– Só não quero ser uma excluída como ele. Eu tenho amigos. E ele parece que quer que eu seja só amiga dele, sei lá.

Ele também é seu amigo.

– Mas não preciso ser só amiga dele!

Aquelas suas amigas são idiotas.

– Cale a boca. Você quer ou não quer voltar pra casa com ele?

Quero. Claro que quero, já falei.

– Então vou deixá-la assumir o controle – disse Megami, novamente surpreendendo-a. – Mas quero algo em troca.

Megan não respondeu de imediato. Sentia que aceitar significava atravessar uma linha perigosa e qualquer coisa poderia estar esperando-a do outro lado. Megami não parecia ser do tipo que entregava as coisas de graça, e Megan não poderia prometer algo que não poderia cumprir. Megami era forte.

– Eu quero assumir o controle quando passarmos para o outro lado.

Não. – Megan retrucou imediatamente.

– Ok. – Megami se virou, começando a andar na direção contrária. – Vai ser como você quer, garota.

Megan sentiu o estômago afundar quando falou as próximas palavras:

Espere. Vamos fazer um trato.

– Você quer dizer *outro* trato.

Que seja. Eu deixo você assumir uma vez, em troca dessa. Mas só uma.

– Isso não é muito justo. Você já assumiu outra vez, lembra-se? Foi por causa do Daniel também.

Essa não conta. Nós ainda não tínhamos um acordo.

Megami bufou, emburrada. Megan poderia ceder, mas não seria idiota a ponto de dar mais chances do que Megami merecia ganhar. Não precisava ser estúpida e facilitar as coisas pra ela.

– Fechado, mas eu vou escolher quando quero assumir. Assim como você está fazendo agora.

Foi então que Megan sentiu: ao mesmo tempo em que Megami afundava, ela emergiu à superfície e o próprio ar se tornou mais puro. Agora conseguia respirar, sentir, enxergar melhor. Tudo era mais claro, mais real. Apesar de todo aquele tempo conseguir observar as coisas, era como se fizesse isso através de um vidro embaçado: *os olhos de Megami.* Agora tudo estava mais nítido.

Megan estava no controle. E a primeira coisa que fez foi correr.

*

– Daniel! Daniel, espere!

Megan o alcançou quando ele estava montando na bicicleta. Ele ainda a guardava no mesmo lugar que na sua outra vida, em uma rua mais distante da escola e, assim como lá, a bicicleta estava pichada com as letras CDF. Daniel a encarou intrigado.

– Você por aqui, Megami? O que foi, tuas amigas te dispensaram? Ou você bateu a cabeça por aí?

Megan sentiu um gosto amargo na boca. Daniel falava aquilo em tom de piada, mas ela sabia que ele não estava brincando. Ela sempre sabia como ele estava se sentindo, assim como ele entendia como Megan funcionava – pelo menos em seu mundo. Além disso, ouvir o nome de Megami em sua voz era doloroso. Ela esfregou uma mão na outra; não percebera até agora que estavam suadas. Sentia-se nervosa e não entendia o porquê. Talvez fosse por causa da conversa do dia anterior com Daniel. Talvez fosse porque Megami estava lá no fundo, dando risadinhas debochadas, e ela não conseguia imaginar qual seria o motivo delas.

– Ontem, quando a gente conversou na biblioteca... Eu disse que queria continuar a ser sua amiga... – Megan começou a dizer, apesar da boca estar seca e as palavras saírem empurradas. Era estranho, porque ela nunca sentira dificuldade para dizer algo a Daniel, mas também nunca passara pela iminência de perdê-lo. E era isso que estava acontecendo ali: Megami estava arriscando aquela amizade, a mais importante para Megan.

Você deveria se lembrar de que essa é a minha vida, Megan, não a sua. Daniel é meu amigo, não seu.

Megan queria mandá-la calar a boca; era *ela* que estava no comando agora, mas sabia que não poderia simplesmente gritar "cale a boca!" ou Daniel pensaria que ela estava perdendo o juízo. Ela trocou o apoio dos pés e continuou olhando firme nos olhos do garoto.

– Então... erm... Posso voltar de bicicleta junto com você?

Daniel a encarou por alguns instantes, a cabeça meio inclinada para o lado esquerdo; Megan conhecia aquela expressão, ele sempre fazia isso quando estava pensando, o que a deixou ainda mais nervosa. Será que ele ainda estava bravo? Será que diria não?

Mas então Daniel sorriu, aquele sorriso largo e sincero do qual ela sentia falta desde que o deixara em sua outra vida. Ela sentiu um alívio imediato: vê-lo sorrir dava a sensação de voltar para casa, de lar.

– Tá certo, dona Megami. Vou dar outro voto de confiança pra você. Eu sempre acabo fazendo isso, não é?

É verdade, ele sempre faz isso mesmo.

Megan resolveu ignorar Megami. Aquele momento era seu e não dela.

Daniel desmontou da bicicleta e começou a empurrá-la. – Eu te acompanho até o ponto das bikes. Só espero que não tenha esquecido como andar em uma. Faz tanto tempo que tu não faz isso...

– Essas coisas não se esquecem, oras. Por isso que tem a expressão "é como andar de bicicleta", nunca ouviu, não?

– Douh – Daniel resmungou. – Não sei se vou deixar que tu tire sarro da minha cara. Tá me devendo várias, Meg.

Ela sorriu e uma sensação boa a invadiu. Quando ele a chamava de Meg era como se ele soubesse que era ela, Megan, que estava ali.

"Meg" também é apelido para "Megami", sua tonta.

Megan resolveu ignorar aquilo também. Preferiu se concentrar na conversa com Daniel. Ele falava alto e gesticulava com as mãos, como costumava fazer. Ele lhe contou sobre o jogo que estava quase fechando e sobre o livro novo de fantasia que queria ler, de uma autora chamada Ana Lúcia Merege, outra escritora brasileira que acabara de descobrir (Daniel adorava descobrir livros e autores novos). Megan mais escutou do que falou; estava feliz como não se sentia desde que viera para aquele lugar. Na verdade, estava mais feliz do que não se sentia havia muito tempo: não sabia o quanto o amigo lhe fazia falta até perdê-lo.

Ela pegou uma das bicicletas na estação e os dois voltaram pela ciclovia, juntos, como sempre faziam. Megami pareceu se cansar de reclamar e eventualmente acabou se calando. O dia estava ótimo, eles pegaram o caminho pela praia, falando alto e rindo, apostando corrida um com o outro. Megan até se esqueceu de onde estava, de Megami, de tudo.

Até que eles chegaram em frente à sua casa.

Megan deixara a bicicleta no ponto e Daniel a acompanhara a pé, novamente empurrando a bicicleta. Quando chegaram em frente ao prédio, ele suspirou longamente e perguntou, parecendo preocupado:

– Como estão as coisas na sua casa? Você não disse mais nada desde... bem, desde o que aconteceu.

Foi nesse momento que Megami despertou.

Já chega, vamos embora.

Mas Megan permaneceu firme onde estava. Ainda não tinha acabado. Ela ainda estava no controle e ficaria até o final.

– Ah... Você quer dizer...?

Ela deixou a frase no ar, tentando fazer Daniel completá-la.

– Aquilo que você descobriu... – ele insistiu, parecendo meio sem graça de tocar no assunto. – Sobre seu pai...

Já chega. Saia.

Megan sentiu o puxão inesperado, e de repente ela e Megami estavam lutando novamente pelo controle. Ela sentiu o ar lhe faltar e a visão obscurecer; tentou empurrar Megami, segurá-la pelas pernas, mas ela foi mais forte e emergiu.

– Na verdade, não tô muito a fim de falar disso, Daniel – era Megami de volta. Ela cruzou os braços, irritada.

Daniel percebeu que tinha tocado em um ponto delicado e completou:

– Tudo bem, Meg. Foi mal, não queria te deixar chateada.

– Tá tudo bem – ela deu de ombros. – Agora eu preciso ir, tá? A gente se vê amanhã na escola.

Daniel sorriu, contente, sem perceber que não falava mais com a mesma pessoa. Ele acenou para Megan e Megami retribuiu o aceno sem muito entusiasmo, observando-o subir na bicicleta e partir. Quando as duas entraram no elevador, Megami disse para o espelho:

– Agora é a sua vez de me ajudar.

*

Megami abriu a porta do apartamento e, em silêncio, checou cada cômodo. Chamou, mas ninguém respondeu. Estavam sozinhas.

– Perfeito – ela disse em voz alta para as paredes. – Agora é com você, Megan.

Megan não gostou daquilo. Gostaria de ver sua mãe uma última vez antes de partir. Na verdade, nutria secretamente uma esperança de que toda aquela loucura fosse acabar e que Megami não fosse capaz de voltar com ela. Talvez fosse uma passagem apenas para uma pessoa. Ou talvez para nenhuma.

E se ela não conseguisse fazer a passagem? E se ela fosse só de ida? E se ficasse ali, presa, dividindo uma vida miserável com Megami para sempre?

Pensar naquilo definitivamente a fazia se sentir enjoada, mas ela fingiu estar tudo bem. Não confiava em Megami para lhe mostrar esses pensamentos. E se não conseguia emergir, pelo menos seria dona da sua própria cabeça.

Eu quero emergir.

– De novo? Você é insaciável, sabia? – Megami disse. – Claro que não vai.

Preciso disso para poder passar para o outro lado.

Ela não sabia se isso era verdade, mas sentia que as coisas deveriam ser dessa maneira.

– Nem pensar, tá maluca? Aí você vai embora e me deixa aqui, sozinha. Eu quero saber o que há do outro lado. Você invadiu minha vida e eu tenho o direito de fazer a mesma coisa. Você me deve isso.

Eu já falei que não sei como isso aconteceu. Não tenho culpa!

– Não me importa se você tem culpa ou não. Além disso, não confio em você.

Foi então que Megan se lembrou: quando estava do outro lado do espelho, uma mão surgiu do vidro e a puxou para esse lado.

Foi você que me puxou pra cá, Megami.

– O quê? – Megami se revoltou. Megan procurou algo que a denunciasse em sua voz, mas não havia nada; o ar, porém, tornou-se mais denso e frio no canto escuro onde se encontrava. – Você pirou, não foi?

Se eu pirei, você tá na mesma situação. E eu também não confio em você.

– Dane-se. Você me deu sua palavra, Megan, agora vamos para o outro lado.

Ótimo, mas se não der certo, problema seu.

– Vai dar certo. Você vai garantir isso. – Megami largou seu material na cama e colocou a mão na cintura, olhando-se no espelho da penteadeira. – E agora, o que a gente faz?

Vamos pro quarto dos meus... dos seus pais.

– Como você tem certeza disso?

Porque foi lá... foi lá que aconteceu da outra vez. Onde tudo começou.

– Lá foi o primeiro lugar que nos encontramos? – Megami perguntou. Ela não sabia?

Você não se lembra?

– A primeira coisa que eu me lembro dessa loucura foi quando você tomou meu lugar na escola. Foi aí que percebi que havia algo errado. *Você.*

Megan se calou. Se Megami não se lembrava de tudo, se ela conseguiu se esconder por algum tempo dentro da outra sem que ela percebesse... Isso poderia ser uma vantagem, não?

Eu acho *que é lá... Sei lá, tem que ter algo a ver com o espelho.*

Ela não queria contar isso, mas seria inútil não fazê-lo. Precisava de Megami para chegar até o lugar. Além disso, ela talvez chegasse à mesma conclusão de Megan se apenas pensasse mais um pouquinho. Afinal, Megan já tentara fazer a passagem em outro espelho, na escola, e não funcionara. E Megami não era burra.

A porta do quarto dos pais de Megami estava encostada. Ela entrou sem bater – não havia ninguém no lugar. O quarto era exatamente o contrário que Megan se lembrava. Havia algumas diferenças dolorosas, como o fato de que a cama estava arrumada; seu pai não gostava de arrumar a cama e deixava o seu lado todo revirado. Ali, naquele lugar, havia sua mãe para arrumá-la.

Do outro lado, ela estava morta.

Megan realmente preferia vê-la antes de partir. E se não a visse nunca mais? E se a perdesse novamente? Era horrível só pensar naquilo: chegar tão perto para perdê-la novamente. Uma sensação de vazio a invadia quando pensava que ali poderia ter uma mãe, mas que ela a detestava. Talvez pudesse reconquistá-la, assim como estava fazendo com Daniel. Talvez as coisas pudessem dar certo...

Mas e como ficaria sua família do outro lado? Seu pai, sua irmã? Ela os deixaria em troca de sua própria felicidade? Conseguiria ser feliz assim?

Não seja estúpida, ela mesma se reprimiu. *Eles estão aqui também.*

Mas era a voz dela ou a de Megami em sua cabeça?

– E então? Você vai ficar aí parada, sem falar nada? – disse Megami.

A voz dela despertou Megan para a realidade. Precisava fazer alguma coisa, precisava tomar uma decisão. Não poderia abandonar sua vida. Tinha que voltar. Ela lançou um olhar para a fotografia emoldurada sobre a cama dos pais antes de dizer:

O espelho. Caminhe até ele.

Megami obedeceu. Ela ficou parada em frente ao objeto, encarando seu próprio reflexo. Os cabelos claros, alisados e penteados; o corpo esguio, o jeans enfeitado, a sombra ao redor dos olhos, a expressão de tédio.

– O que eu deveria ver, afinal?

Eu. Você deveria ver a mim.

– Mas ainda sou eu – Megami bufou. – Isso é idiotice. Quer saber? Você deve ser só uma invenção da minha cabeça. Não pode ser real. Devo tá pirada mesmo, tudo culpa da minha mãe e do cacho...

Mas então ela parou de falar. De repente seus olhos se arregalaram de espanto e – Megan gostou de identificar isso – *medo.*

– O-o quê?

O rosto de Megami estava se transformando. A maquiagem esvaneceu, os cabelos escureceram. A blusa rasgada e justa do uniforme deu lugar a uma camiseta preta, comprida e surrada de uma banda de rock. Os jeans perderam os enfeites brilhantes e se transformaram em um short curtinho que ela usava para dormir. A sandália enfeitada tornou-se um chinelo de dedo.

– Essa sou eu – disse Megan, sorrindo, satisfeita.

E então ela encostou o dedo no espelho, torcendo, quase rezando para que ele não fosse sólido...

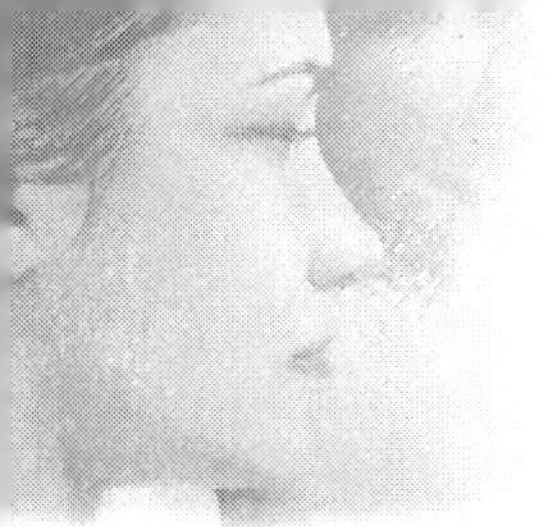

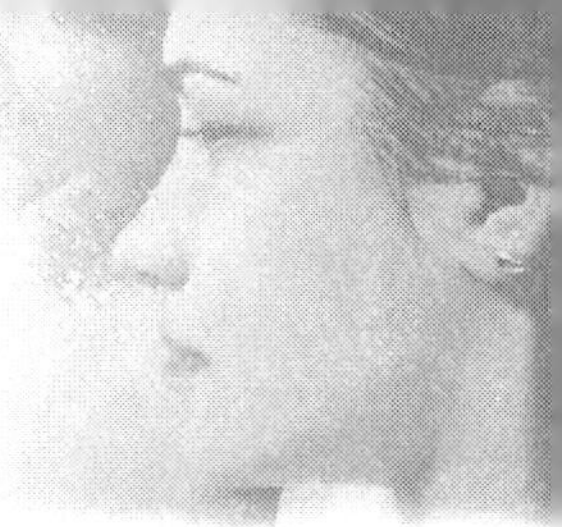

Capítulo sete – Fora de controle

Não era.

As pontas dos dedos de Megan afundaram no espelho, como se ela estivesse tocando a superfície gelada do oceano. Ela não ouvia mais aquela voz – *a voz dela mesma* – na sua cabeça, apenas sentia a excitação e a alegria de estar voltando...

Quando abriu os olhos, Megan se encontrava, finalmente, de volta à sua casa.

Estava no quarto dos pais. Havia várias caixas empilhadas sobre a cama. O quadro deles ainda estava sobre ela, mas meio escondido atrás de toda aquela bagunça. Ela olhou para si mesma e encontrou a roupa que tinha acabado de ver no espelho: camiseta, shorts, chinelo. A roupa que estava usando ainda há pouco, quando levantara da cama.

Devia ter apagado e sonhado com tudo aquilo. Era a única explicação possível. Estava tão cansada, todas aquelas lembranças pela tarde, a dor de cabeça...

Um alívio enorme a inundou. Tinha sido um sonho. Tudo, tudo fora invenção da sua mente cansada pela dor e pelas lembranças.

Mas também fora um sonho muito real. Ela se lembrava bem demais do rosto da mãe, da sua voz... Coisas que ela pensara ter esquecido. O pai ausente, as brigas com a irmã, a expressão magoada de Daniel e depois o passeio com ele. A sensação de impotência, o desespero por estar presa no corpo de outra pessoa...

Tudo sua imaginação, certo?

Qualquer coisa era melhor do que aquele pesadelo ser real. Até mesmo se ela estivesse ficando maluca.

Megan suspirou, aliviada, e decidiu voltar ao seu quarto. Não quis olhar para o espelho e fechou a porta quando saiu. Espiou o pai na sala; Renato ainda dormia tranquilamente, sem imaginar todas as coisas que Megan sonhara com ele, com Marina. Talvez fosse melhor não contar nada ao pai pela manhã; só traria mais tristeza. Mas certamente contaria o sonho para Daniel. Ele daria risada de toda aquela maluquice. Imagine, Megan andando com Stefanie e Renata? Era algo para rir mesmo.

Megan também espiou pela fresta da porta do seu quarto. Mina dormia com um sorriso, uma das mãozinhas estendidas na direção de Alanis, que estava enroscada perto da sua barriga, parecendo uma bolinha felpuda. Megan sorriu: tudo estava no seu devido lugar.

Quando se deitou na sua cama, na segurança do seu quarto de paredes brancas, repleto de pôsteres de bandas (e de desenhos animados e animes japoneses do lado de Mina), Megan adormeceu instantaneamente, exausta e tranquila.

Ela não notou que, no reflexo do espelho do seu quarto, quem estava dormindo na sua cama não era a sua imagem.

Era a de Megami.

*

– Ei. Ei, tem alguém aí dentro?

Megan ergueu a cabeça devagar, os óculos tortos no rosto, ainda tonta de sono. Nem percebera que estivera cochilando com a cabeça entre os braços, em cima da carteira. Sua bochecha esquerda estava vermelha, marcada pelo fone de ouvido que escorregara do seu ouvido e pela armação dos óculos.

Daniel a encarava com uma careta divertida. Ele jogou as coisas na carteira da frente e puxou o fone para ouvir o que estava tocando.

– Tá alto pra cacete isso aí, hein? Como você conseguiu dormir ouvindo Linkin Park nessa altura? Que doida.

Megan puxou o fone das mãos do amigo e desligou o MP3. Era um modelo meio ultrapassado que ela resgatara nas coisas da sua mãe. Lotara-o de músicas que tinha baixado no computador, mas não tivera coragem de deletar os arquivos que a mãe deixara nele, portanto, entre Linkin Park e Skank, Megan também ouvia coisas como Julio Iglesias ou James Taylor perdidos no aparelho.

Exceto pelo sono, a manhã fora tranquila. Megan não conseguia disfarçar o alívio por ter sonhado tudo aquilo e o pai e a irmã ainda serem os mesmos. A primeira coisa que o pai fez quando Megan levantou foi perguntar, preocupado, se a dor de cabeça tinha passado. Felizmente ela era uma lembrança distante, assim como aquele pesadelo. Às vezes, Megan ainda se lembrava de alguns detalhes, mas tentava varrê-los para o canto da memória. Se começasse a pensar neles, aí sim sua cabeça voltaria a doer.

– Não dormiu bem, não? – Daniel perguntou, beliscando um pacote de amendoim.

– Amendoim a essa hora?

– Que posso fazer, estou em fase de crescimento! – Daniel reclamou, jogando mais um amendoim na boca, mas logo o escondeu na mochila porque a Playmobil estava passando pelo corredor e deu uma espiada na sala. – Que cara é essa? Um caminhão passou por cima de você?

Megan deu de ombros, deitando novamente a cabeça sobre o braço. Olhou de esguelha para o fundo da sala: havia três meninas sentadas lá, rindo e falando alto. Stefanie, Renata e uma outra garota, chamada Milene, que Megan detestava mais do que as outras. Ela estava na carteira em que Megan estivera sentada no dia anterior.

Não, não no dia anterior. No sonho.

– O que você tá olhando? – Daniel espichou o pescoço. – Ah, é o trio parada dura. Estão bem embonecadas hoje.

– É, até parece um trio de palhaças. – Megan resmungou. Daniel não respondeu; continuou olhando para as garotas até que Megan deu um soco no braço dele.

– Ei!

– Dá pra parar?

– Só tava olhando, que agressividade, pra quê isso? Senta aqui, jovem, vamos conversar.

Megan revirou os olhos. – Aquelas garotas são tão idiotas. Acredita que sonhei com elas essa noite? Que pesadelo!

Daniel quase engasgou com o amendoim. Começou a tossir freneticamente e teve que levantar os braços para poder respirar. Algumas pessoas olharam para eles e riram. Megan sentiu o rosto ficar quente e tentou não olhar.

– Você o quê? – Daniel perguntou rindo, parecendo nem ter percebido a atenção indevida que atraiu.

– Aff, Daniel, não precisa fazer tanto drama. Foi só um sonho maluco. Você tava no sonho também... só que me detestava. Quer dizer, tava p. da vida comigo.

Ele inclinou a cabeça para o lado esquerdo, confuso. Tinha feito a mesma coisa no sonho, quando estava irritado com ela. Megan sentiu um arrepio na espinha ao se lembrar disso. Quando acordara, o sonho parecia ter evaporado, como geralmente acontece com essas coisas, mas aos poucos algumas imagens pareciam voltar à sua mente, muito reais, como aquela.

– Você tinha roubado meu Playstation? Queimou meus livros? Comeu meu almoço?

Megan sentiu um sorriso se formando em seus lábios a contragosto.

– Claro que não, tonto.

– Então não tem porque eu te odiar, oras – ele deu de ombros e então viu o professor entrando na sala. Sentou-se ereto imediatamente, abrindo o caderno. – Depois você me conta, Meg. Mas relaxa, foi só um sonho – piscou para ela, sorrindo.

Megan não respondeu. Abriu o fichário também, mas não conseguia parar de pensar no assunto, e todas aquelas imagens iam e voltavam à sua cabeça: ela correndo atrás de Daniel, ele se virando para ela, irritado; ela dizendo que tentaria mudar, que não se afastaria mais dele. A pressão no peito que sentira quando pensara que ele estava magoado e ela perderia sua amizade.

A garota fechou os olhos por um momento, sentindo uma pontada na nuca, o início da dor. Era como se houvesse algo ali, dentro da sua cabeça, algo pulsante e vivo, somente esperando. Era uma sensação ruim, um aperto no peito, um medo sem sentido...

Não podia mais pensar naquele sonho.

Era perigoso.

*

Daniel fechou o livro com estrondo.

– Vai, conta.

Megan quebrou a ponta do lápis por causa do susto que ele lhe dera. Ela estava desenhando algo; o quê, ainda não sabia. Quanto mais olhava para o próprio desenho, mais confuso ele lhe parecia, e quanto mais tentava entendê-lo, mais ele lhe dava dor de cabeça.

Porque ela ainda estava lá, bem no fundo do seu cérebro; pequenas agulhas que o pinicavam de tempos em tempos.

– Contar o quê, Daniel? Eu já falei.

– Falou nada – ele batucava na capa do livro, impaciente. Os dois estavam deitados nas almofadas das crianças na biblioteca. Eles faziam isso praticamente todos os dias e dona Bárbara já cansara de repreendê-los; por isso agora ela só os ignorava mesmo. – Você fez, tipo, um mega comercial da atração, mas quando chegou a hora de colocar o programa no ar resolveu, sei lá, colocar Chaves no lugar dele.

– O que há de errado com Chaves?

– Nada, mas não é o programa certo. Para de bagunçar a programação do canal e conta logo o sonho. Isso parece síndrome de Silvio Santos.

Megan respirou fundo, soltando o ar bem devagar pela boca. Talvez aquilo a fizesse esquecer as alfinetadas no cérebro. Ou talvez elas se tornassem piores.

– Ah, sei lá... Eu sonhei... Sonhei que não era eu mesma.

– Como se você fosse outra pessoa? Ah, mas isso acontece sempre comigo. Outro dia sonhei que eu era o Sauron.

Megan olhou de rabo de olho para Daniel. Ele parecia falar sério.

– Quem afinal sonha que é um olho que tudo vê?

– Não fala assim! Você nunca entende, o Sauron é...

– O Sauron é só um olho do mal e pronto – Megan encerrou o assunto. Quando Daniel se empolgava não tinha como pará-lo. – Você queria ou não ouvir sobre meu sonho?

– Não tá mais aqui quem falou.

– Então... Foi um sonho esquisito. Era eu, mas não era eu. Era diferente... E tem também que... – Megan riscou várias vezes uma parte do desenho. Os olhos. Era uma pessoa o que ela desenhava. Mas quem? – A minha mãe tava viva.

– Ahhh, por isso tu tá tão estranha hoje. Você ficou chateada com isso.

– Ah... sei lá... acho que sim – Megan confessou. Não olhava para o amigo, não conseguia. Além disso, o desenho exigia sua atenção. Ela riscou ao redor dos olhos, tentando formar um rosto. – Mas ela não gostava de mim. Digo, minha mãe.

– Vocês não se davam bem?

– Não. A gente brigava muito. Na verdade, eu brigava com todo mundo... com a minha mãe, meu pai, com a Mina. Até com você.

Megan chegou aos lábios no desenho. Eles saíram com um sorriso irônico, quase de desprezo.

– Parecia que...

Ela hesitou. Rabiscou o queixo, a forma do rosto e, quando chegou aos cabelos, a imagem começou a se tornar familiar.

– Parecia o quê? – Daniel insistiu.

O lápis escorregou da sua mão e caiu no chão. O desenho se tornara assustadoramente claro. A expressão, o sorriso, os cabelos... Aquele olhar. *Era ela.*

– Que foi, Meg? – Daniel colocou a mão no seu ombro, apertando-o de leve. – Nossa, você tá com uma cara esquisita. Tá tudo bem?

Ela ergueu os olhos. Daniel recuou, quase instintivamente, e nem se deu conta disso. O olhar dela era diferente. Dava arrepios.

– Sim, tá tudo bem, Daniel. É besteira. Foi uma bobagem só, não tem importância.

– Claro que tem. Você está até meio pálida, Meg, tem certeza que...?

– Tá tudo ótimo, que droga – o seu tom de voz era ríspido, irritado. – Já disse que tá tudo bem, Daniel. Me deixa, tá, não quero mais falar sobre isso.

– Tá bem... – ele não pareceu concordar, mas acabou cedendo. Aconchegou-se novamente nas almofadas e enfiou o nariz no livro, meio de mau humor.

Ela não se importou. Observou o desenho por alguns segundos antes de arrancar a folha do bloco e amassá-la. Fez uma bolinha e arremessou em uma cesta de lixo, próxima à mesa de estudos. Dona Bárbara a repreendeu com o olhar, mas não poderia dizer nada, ela só tinha jogado o lixo no lixo, afinal de contas.

A verdade é que ela não queria que ninguém visse aquele desenho.

Porque dentro daquela bolinha de papel amassada estava o seu retrato. A sua imagem.

Megami.

E agora Megan sabia que ela era real e estava muito viva.

Porque Megan tinha afundado novamente. E Megami estava de volta.

No controle da sua vida.

Capítulo Oito – O Trato

Saia. Você não tem esse direito.

– É claro que tenho. Você assumiu minha vida duas vezes. Tenho todo o direito de assumir a sua.

Não agora. Não assim.

– Vai ser agora e vai ser assim. No momento que eu quiser e quando eu quiser. – Megami disse em um sussurro. Elas estavam no banheiro, encarando-se novamente no espelho. Megan via refletida a imagem exata da outra e, apesar das roupas serem suas, a postura e o olhar eram de Megami. – Relaxe, Megan. Não precisa ficar toda nervosinha. Não vou arruinar sua vida, não vou fazer nada demais. Só quero saber como é vivê-la, como é ser você.

Aquilo não diminuía nem um pouco a angústia de Megan. Não queria que Megami vivesse sua vida, ela estava roubando o que era seu. Era muito diferente quando Megan estava do outro lado, vivendo atrás de Megami. Aquela era a sua vida de verdade, não era uma mentira. E Megami estava lhe tirando o direito de vivê-la.

E não fora exatamente isso que Megan tinha feito do outro lado?

Não, não foi. Não desse jeito.

Era desesperador. Megan não conseguia retornar de jeito nenhum. Tentou desde o primeiro instante, quando Megami assumira o controle, mas novamente se sentia submergindo, afogando-se, perdendo o ar. De novo aquela luz tão pequena no alto e a água negra ao seu redor, gelada e opressiva, forçando-a cada vez mais para o fundo.

Não tinha sido só um pesadelo. Era tudo real. Megami estava ali, Megan esteve naquele outro mundo. Os dois eram reais. E agora Megami também viveria sua vida, falaria com as pessoas... O que ela poderia fazer? Como agiria? Ela poderia estragar tudo. Ela poderia brincar de ser Deus e Megan não conseguiria impedi-la.

Não, ela tinha que conseguir. Tinha que arrumar um jeito de ser mais forte que Megami. Mas como?

Megami tentou ajeitar os cabelos de Megan. Fitou-se no espelho por muito tempo, colocando ora o cabelo para cima, ora o soltando. Por fim, resolveu fazer um coque, deixando algumas mechas roxas caindo sobre seus olhos. Megan nunca faria um penteado daqueles; ela costumava andar apenas de rabo de cavalo. Megami piscou para o espelho e disse:

– Você precisa se cuidar um pouco mais, Megan. Se bem que gostei do que fez com o nosso cabelo. As cores ficaram legais.

Ela saiu do banheiro. Disse que não faria nada para mudar a vida de Megan, mas ela sentia, mesmo lá no fundo, as pequenas diferenças que lhe pareciam erradas, fora do lugar. O jeito que Megami andava, a postura, o jeito confiante. Ela amarrou a ponta da camiseta do uniforme, deixando-a mais justa. Assim que saiu do banheiro, Daniel, que a estava esperando, notou a diferença.

Ele arregalou os olhos e ficou observando Megami – apesar de pensar que olhava para Megan.

– Anh... Você tá diferente.

– Diferente para o bem ou para o mal? – Megami perguntou com um sorriso travesso, colocando as mãos na cintura.

– Acho que... – Daniel hesitou. Ele continuou olhando a amiga de cima para baixo, e Megan não soube explicar, mas aquilo ao mesmo tempo a incomodou e a agradou. – Acho que pras duas coisas.

– Como assim pras duas coisas? – Megami perguntou, meio rindo, enquanto apanhava a mochila que ele segurava para ela.

– Ah, porque ficou legal seu cabelo assim... e a blusa – ele completou, meio sem graça; seus olhos ficavam olhando e desviando de Megami sem parar. – Mas... sei lá, você tá diferente, não parece você.

– E isso é ruim? – Megami insistiu. Parecia estar se divertindo com aquilo, o que irritou ainda mais Megan. Os dois caminhavam juntos, lado a lado, e Megami fazia questão de esbarrar no braço de Daniel algumas vezes.

– Não, não é. Quer dizer... só... – Megan conseguiu ver que as orelhas do amigo estavam um pouco avermelhadas. Ele ainda tentava não olhar para ela. – Você parece... como vou dizer isso? Perigosa. Ah, que idiota, sei lá, Meg, que coisa, para de encher meu saco!

Megami abriu a boca para dizer alguma coisa, mas acabou apenas sorrindo. Pareceu gostar do adjetivo. Já Megan, que a princípio achara uma coisa boa que Daniel achasse Megami perigosa – ela também achava, ou melhor, tinha certeza de que ela era alguém pra se tomar cuidado –, começara a ter dúvidas. Se Megami gostava disso, nada de bom poderia sair dali.

Megan ficara com medo de que Megami dissesse algo grosseiro a Daniel ou o abandonasse para correr para suas amiguinhas, mas ela não fez nada disso. Pelo contrário, fez exatamente o que Megan faria: voltou com Daniel para casa, de bicicleta, o que acabou deixando Megan ainda mais irritada.

Megami estava roubando aquele momento dela.

O quanto mais ela lhe tiraria até que Megan conseguisse recuperar o controle?

Ela tentou nadar mais forte, agitando os braços, mas a água era escura e pegajosa como lodo, e quanto mais ela se debatia, mais parecia afundar. Algumas vezes era até difícil acompanhar a conversa entre Megami e Daniel, o que tornava tudo pior, pois ela poderia estar fazendo coisas horríveis sem que Megan soubesse.

Ela não podia desistir, não poderia deixar-se abater. Precisava se erguer, aquela vida era *sua*, não de Megami. Ela não tinha o direito de assumi-la quando bem entendesse. Elas tinham um trato e Megami deveria pedir permissão para fazer isso. Aliás, ela nem deveria estar ali. Ela deveria ter ficado do outro lado, onde era seu lugar.

E o que aconteceria quando Megami chegasse em casa, encontrasse sua família?

Não, ela não poderia permitir isso.

Foi pensando nisso, movendo-se por pura raiva e desespero, que Megan fez força para nadar contra a corrente. A luz se tornava maior, aos poucos, como se fosse a saída de um túnel.

Ela conseguiu ver os pés de Megami brilhando contra a luz, movendo-se para frente e para trás, mantendo-a na superfície. Apenas aquela visão foi capaz de deixar Megan ainda mais furiosa; ali não era o lugar dela, ela deveria estar no fundo, no escuro, onde pertencia.

Megan cravou as unhas no pé direito de Megami, puxando-a. Enquanto isso, Megami sentia uma súbita falta de ar. Ela estava saindo do elevador do prédio quando aconteceu: um aperto no peito, o medo correndo por suas veias como veneno. Era aquela maldita garota tentando retomar o controle.

– Não, não! Vá embora, Megan, nós temos um trato!

Não era esse o trato. Você não pode fazer o que quer, quando quer. Essa é a minha vida, não a sua.

Megan puxou os pés de Megami com ambas as mãos e sentiu quando ela submergiu. As duas se encontraram, frente a frente, talvez pelo que fosse a primeira vez. Megan viu os olhos frios de Megami muito próximos aos seus, seus cabelos claros flutuando na água, dando-lhe um aspecto fantasmagórico.

Ela não pensou duas vezes.

Pulou no pescoço de Megami, cravando-lhe as unhas, cega pela raiva. Era a sua vida. *Sua.* Ninguém poderia roubá-la, nem mesmo uma garota com o seu rosto invertido, aliás, *muito menos ela.*

Megan empurrou-a para baixo, urrando de fúria, bolhas de ar saindo de sua boca quando gritava. Os olhos de Megami estavam arregalados, em choque, e ela se debatia furiosamente, mas Megan não cedeu ao aperto, até que o corpo de Megami tornou-se flácido e seus braços se abriram, frágeis e derrotados. Ela flutuava, desmaiada. Megan colocou seu pé esquerdo sobre o peito dela e chutou-o, empurrando-a para o fundo.

Lá sim era o seu lugar.

*

Quando Megan finalmente emergiu, estava caída no chão do corredor do seu andar, próxima ao elevador. Ela abriu os olhos lentamente, sentindo uma dor excruciante na nuca, que irradiava para toda a cabeça e até para seu corpo. Estava exausta, parecia que tinha levado uma surra – talvez fosse isso mesmo que tivesse acontecido em algum nível de sua consciência.

Ela se sentou, movimentando-se devagar, quase se arrastando. Olhou para os lados, nervosa, procurando alguém, mas parecia que ninguém ouvira o que tinha acontecido. Ela ouvia o barulho alto da televisão de alguém ligada em um programa de culinária da tarde. O barulho ecoava pelo corredor vazio.

Era melhor assim. Seria impossível explicar o que tinha acontecido e sua cabeça doía demais para que ela inventasse uma mentira convincente.

A garota se apoiou na parede, forçando-se a se levantar. Sua cabeça girava tanto que ela se sentiu enjoada. Teve vontade de vomitar, mas engoliu a ânsia e se manteve de pé. Ela conseguiria, só tinha que ser mais forte. Se ela conseguira derrubar Megami, manter-se de pé deveria ser moleza.

Megan arrastou a mochila por uma das alças e, ainda espalmando a parede e se apoiando nela com uma das mãos, dirigiu-se à porta do apartamento. Com as mãos trêmulas e suadas procurou na mochila pelas chaves. Elas se embaralharam e escorregaram pelos dedos suados de Megan. Ela soltou um palavrão baixinho e se abaixou para pegá-las sobre o capacho, sentindo a cabeça girar novamente com o movimento. Finalmente, depois de muita luta, conseguiu enfiar a chave certa na porta e abriu-a.

Sentia tanta sede! Largou a mochila na cadeira da mesa da cozinha e arrastou-se até o bebedouro. Engoliu um copo inteiro de água de uma só vez e ele logo escorregou para dentro da pia, sorte que não tinha caído no chão ou teria que se explicar depois. Ainda trêmula e bêbada de dor, Megan só conseguiu se arrastar até o sofá e capotou ali mesmo.

*

– Megan... Megan, acorde – alguém disse, balançando-a pelos ombros.

Ela abriu os olhos devagar, um de cada vez, sentindo um torpor pesado que irradiava da sua cabeça para o resto do corpo. Era como se cada músculo estivesse dormente. Virar-se no sofá foi uma tarefa difícil, com o corpo tão mole como estava. Pelo menos a dor de cabeça se fora.

Megan estreitou os olhos e tentou enxergar quem a acordara. A imagem estava embaçada. Alguém colocou seus óculos em suas mãos e ela finalmente conseguiu reconhecer o pai assim que os colocou de volta no rosto.

Renato estava com as sobrancelhas franzidas, numa expressão de desagrado e impaciência.

– Oi, pai... Tão cedo em casa?

– Não é cedo, Megan. Já passou das seis!

– O quê?! – Megan rapidamente se sentou no sofá, o que foi um erro, pois sua cabeça girou e ela sentiu vontade de vomitar. Fechou a boca e engoliu em seco, sentindo o gosto amargo do refluxo na garganta. O mundo girou novamente e ela precisou apoiar as duas mãos no sofá para fazê-lo parar. – Como assim?

– São seis da tarde! – Renato insistiu, sem paciência. – Você deveria ter buscado a sua irmã na escola às quatro!

– Anh?! Ah, droga, Mina! Eu esqueci... Droga, onde ela tá? Ela tá bem?

Os ombros de Renato arquearam. Ela parecia desanimado e cansado. Sentou-se no sofá ao lado da filha, mas evitava olhar para ela. Claro, ele estava decepcionado; a percepção daquele sentimento do pai a derrubou.

– Ela está bem... Só meio chateada, ficou mais de uma hora

esperando por você. A professora me ligou no trabalho, tive que sair às pressas. Vou ter que fazer hora extra amanhã para compensar e a supervisora não gostou nada disso.

O estômago de Megan afundou. Ela levou as mãos à cabeça, desolada. Pensara que só tiraria um cochilo, mas acabara dormindo a tarde inteira. Como pôde se esquecer de buscar a irmã? Fazê-la esperar todo aquele tempo, ela deveria estar uma fera com Megan. E seu pai também.

– Você vai ter problemas no trabalho, pai?

Ele deu de ombros, como se aquilo não tivesse importância, mas Megan sabia que tinha e muita.

– Eu dou um jeito – ele disse lacônico. Ainda não olhava para ela.

– Desculpe, pai. Não sei o que me deu.

Finalmente ele a olhou. A sobrancelha franzida se tornou uma ruga de preocupação.

– Eu que pergunto: o que deu em você, Megan? Você não é de fazer esse tipo de coisa.

Decepcionado, era isso. Ele estava mesmo decepcionado com Megan. Como ela pôde deixar aquilo acontecer? Não podia ter feito isso, deixado seu pai e sua irmã na mão daquele jeito. Mina era sua responsabilidade. Megan olhou nos olhos do pai e teve, por um instante, o vislumbre do seu pai na outra vida: o pai de Megami.

Não, não queria pensar nisso. Nem deveria. Isso poderia despertá-la. E seu pai não era nem um pouco parecido com aquele outro Renato, um pai frio e ausente. Seu pai só estava chateado com Megan e com toda a razão. Ele tinha esse direito, ela pisara mesmo na bola.

– Desculpe.

– Não quero mais ouvir suas desculpas. Nós só devemos pedir desculpas uma única vez. O que eu quero saber é o que deu em você, filha.

Megan abaixou os olhos, sem graça. Coçou a cabeça. Ainda sentia aquele leve torpor, mas nada de dor. Não poderia contar ao pai o que realmente tinha acontecido, ele diria que estava maluca. Contara sobre o sonho para Daniel, mas isso fora antes de descobrir que tudo era real. E, apesar de sentir que Megami estava adormecida, sabia que ela ainda estava ali, muito perto; teria que ficar atenta e ser mais cuidadosa da próxima vez.

Tudo aquilo era culpa dela. De Megami. Se ela não tivesse assumido o controle daquele jeito, lutado com Megan, nada disso teria acontecido. A garota sentiu uma raiva incontrolável e vermelha; sua vontade era de expulsar Megami dali, enviá-la para o lugar de onde viera. O problema era que não sabia como fazer isso.

– Eu... Eu voltei da escola e estava com uma dor de cabeça terrível. Deitei no sofá, achei que só ia tirar um cochilo e depois acordaria para buscar Mina... Mas... dormi demais.

As rugas de preocupação no rosto do seu pai se tornaram ainda mais acentuadas.

– Outra dor de cabeça, Megan? – seu tom se tornara mais brando, não que isso significasse que ele não estivesse mais magoado. Apenas a preocupação era maior do que a decepção, provavelmente. Ele colocou uma das mãos na testa de Megan; estava fria e áspera, mas mesmo assim era um toque reconfortante. No entanto, ele logo a retirou. – Não está com febre. Está sentindo alguma outra coisa?

Megan não gostava daquela expressão no rosto do pai. Ela engasgou, procurando uma explicação que fosse suficiente para apagá-la dali.

– Não é nada de mais, pai. É sério, já tô bem. Deve ser cansaço, sei lá, a escola tá muito puxada esses dias.

Não era nada daquilo, ela sabia. Era uma explicação fajuta e bem estúpida, mas talvez servisse. O pai a olhou, desconfiado, mas depois se levantou, desviando novamente o rosto. Ainda não parecia o mesmo, mas pelo menos não estava mais nervoso.

– Me avise se sentir de novo essa dor. Vou preparar alguma coisa para o jantar.

– Tem feijão no congelador – Megan também se levantou, disposta a ajudá-lo, talvez tentar apagar um pouco daquela má impressão, mas o movimento foi novamente mal calculado. Ela sentou de novo rapidamente, sentindo o mundo girar mais uma vez e as pernas moles como gelatina. Por sorte, o pai estava de costas, caminhando até a cozinha e nada viu. – Eu posso descongelar no micro-ondas.

– Não se preocupe, eu faço isso – ele respondeu um tanto ríspido, ainda estava magoado. – Você deveria ir dar uma olhada na sua irmã. Ela está bastante chateada.

Mina. Droga, ela tinha razão por estar brava com Megan. Ficar esperando sozinha quando todos os amigos já tinham ido embora não era nada divertido para uma criança. Ela devia ter se sentido sozinha e assustada. E agora que sabia que era culpa de Megan, estava triste com ela.

– Tudo bem... Eu já vou lá. – Megan murmurou, tentando se recompor o suficiente para se colocar de pé. Ela se apoiou no braço do sofá e, devagar, levantou-se. Observou o pai na cozinha, ainda de costas, apanhando algumas coisas na geladeira. Ele não precisava ver isso, ela logo ficaria bem, não precisava preocupá-lo.

Megan caminhou a passos hesitantes e lentos até o quarto que dividia com Mina, apoiando-se ainda nas paredes como uma bêbada. Suas pernas fraquejavam. Ela tinha vontade de deitar novamente, mas não poderia fazer isso agora. Além disso, não queria pegar no sono de novo. Bateu duas vezes na porta, que estava entreaberta.

– Que foi? – Mina perguntou emburrada.

– Sou eu, Megan. Posso entrar?

Não houve resposta. Megan empurrou de leve a porta, mas não entrou. Ficou encostada no batente, olhando para a irmã, esperando sua permissão. Mina olhou para ela com um bico maior do que tudo; estava lendo um livro cheio de ilustrações e Alanis apoiava a pata nas folhas sempre que Mina tentava virá-las. A menina deu de ombros.

– É o seu quarto também, não é? A gente ainda não se mudou.

Megan suspirou lentamente. Sentia-se cansada como nunca.

– Mas você tá chateada. Tem direito a ficar sozinha se não quiser falar comigo, mesmo que a gente divida o quarto.

Aquilo pareceu amenizar a situação. A expressão de Mina tornou-se mais suave.

– Tudo bem, pode entrar – ela disse pomposa, sentindo-se importante.

Megan agradeceu e entrou, sentando-se na própria cama. Evitou olhar para o espelho da penteadeira. Sentia arrepios só de estar próxima a ele. Não queria ver o que ele guardava do outro lado nunca mais.

– Desculpe, Mina. Fui bem idiota. Você está certa de ficar chateada comigo. Se ajuda, prometo ser mais atenta da próxima vez.

Mina parou de folhear o livro e sua expressão tornou-se mais doce, mesmo que ainda um pouco triste. Megan, por sua vez, esperava que a raiva tivesse evaporado.

– Quando a gente chegou em casa fiquei preocupada com você – ela disse repentinamente.

– Por quê? – Megan perguntou, encarando a irmã.

Mina parecia evitar os olhos de Megan. Aquilo era estranho.

– Ah, você tava esquisita.

– Como assim, "esquisita"?

– Ahhhh... – Mina olhou para o teto, parecendo procurar as palavras. – Sei lá. Tentei acordar você e aí você continuou lá, com os olhos fechados. Foi estranho... Parecia... – ela engasgou. Megan sentiu o que se passava pela cabeça de Mina antes mesmo das palavras flutuarem no ar e um aperto enorme se instalou em seu peito. Ela viu as lágrimas brilhantes que se formaram nos olhos da irmã.

– Parecia a mamãe – a menina finalmente completou com a voz falhando, fungando pelo nariz.

– Ah, Mina... – Megan se levantou e, mesmo sem saber se podia, abraçou a irmã. Ela não reclamou; aconchegou-se no corpo de Megan, pequenina e frágil. – Não diga isso, maninha... Eu só tava dormindo.

– Mas não parecia. Você não acordava... que nem a mamãe.

– Não, Mina...

– O pai também ficou preocupado – Mina disse depressa, como se aquilo encerrasse o assunto. Ela encarou Megan com os olhos arregalados e molhados. – Ele quase ligou pra ambulância.

Megan tentou rir, como se aquilo fosse uma bobagem, mas não adiantou. Ainda sentia o aperto, e ele se tornava cada vez mais forte no peito. Ela puxou a irmã mais e mais para si.

Quando a mãe delas falecera, Mina tinha apenas três anos. Era muito pequena, mas às vezes se lembrava de coisas assustadoras. Eram as últimas imagens que tinha da mãe, afinal. Marina falecera em casa. Fora transferida consciente do hospital, mas um dia depois fechou os olhos e perdeu a consciência para não mais acordar. Mesmo assim, Renato tinha a convicção de que Mina, apesar de ser ainda uma criança, tinha o direito de ver sua mãe pela última vez. Esse também fora um dos motivos pelos quais Marina tinha o desejo de morrer em casa; ela queria se despedir de Mina, que não podia visitá-la no hospital. Por isso, uma das últimas imagens que Mina guardava era essa: a mãe dormindo. Apesar da pouca idade, ela entendia que ela jamais acordara desse sono.

Megan não era a única que vira mais do que deveria. Mina também presenciara bem mais do que uma criança de sua idade deveria ver. Isso a tornava mais forte, mas também a deixava especialmente frágil.

– Não fique assim... Shhh... Mina... – Megan a embalou; sentia os espasmos e os soluços da irmã, que reprimia o choro. – Chore se quiser, mas sabe que não precisa. Eu estou aqui, estou bem, vê?

– Não vai embora, Meg. Promete, não vai embora – Mina disse com a voz abafada pela camiseta da irmã. – Promete. Você é o mais perto que eu tenho da mamãe. Não vá embora como ela.

O coração de Megan doeu ao ouvir aquelas palavras. Mina jamais dissera algo como aquilo. Ela apertou ainda mais forte a irmã contra o peito e sentiu lágrimas silenciosas rolarem por seu rosto.

Capítulo nove – Outra pessoa

Megan não dormiu bem. Tivera pesadelos em que se afogava em um mar escuro e sombrio. Acordou suando e com falta de ar. O alarme do celular tocava alucinado e, quando tentou desligá-lo, o aparelho escorregou de seus dedos, como se tivesse adquirido vida própria.

– Droga! Celular idiota! – ela reclamou, inclinando-se para apanhá-lo no chão. No entanto, quando fez isso, o mundo girou e ela teve que se deitar novamente até que o teto parasse em seu devido lugar.

Olhou para o celular. Já tinha se passado cinco minutos desde que ele tocara. Ela ainda precisava levantar, acordar Mina, ajudá-la a se vestir e colocar o uniforme. Se não levantasse depressa, seu pai viria olhar o que estava acontecendo e o que ela menos queria agora era que ele percebesse que estava de moleza na cama por causa de uma tontura que provavelmente não significava nada.

Na verdade, ela sabia muito bem o que significava, mas não queria nem pensar no assunto. Se os monstros estavam adormecidos, era melhor não acordá-los.

O jantar fora péssimo no dia anterior. O pai estava silencioso, Mina tinha os olhos vermelhos e Megan não sabia mais o que fazer para remediar a situação.

Obrigou-se a levantar, mesmo sentindo vontade de permanecer na cama e as pernas não a obedecessem como deveriam. Acordou Mina de mansinho e, como ela se virou para o outro lado, teimosa, acendeu a luz e começou a separar as coisas para a escola.

– Vamos logo, Mina. Tá na hora.

Ainda de olhos fechados, Mina se arrastou até o banheiro para escovar os dentes, levando o uniforme e os tênis, abraçada a eles como se fossem seu travesseiro.

– Se precisar de ajuda, tô na cozinha com o pai! – Megan gritou pela porta encostada, ao mesmo tempo em que calçava o tênis, pulando com um pé só. Ela largou a mochila no sofá e entrou na cozinha, injetando uma disposição que não sentia na voz. – Bom dia, pai!

Renato estava mastigando um pedaço de pão enquanto amassava uma banana para Mina com uma mão e ajeitava a gravata com outra.

– Deixa, pai, eu faço isso – Megan puxou o prato de Mina para si e começou a amassar as bananas e misturá-las com aveia. – Vai de gravata hoje? Tem reunião, algo assim?

O pai não respondeu de imediato. Usou a porta da cristaleira como espelho e ajeitou a gravata, ainda mastigando o pedaço de pão. Ele evitava o olhar de Megan. Por fim, depois de muito tempo, disse:

– Vou precisar falar com a supervisora hoje, vou pedir um favor a ela. Gosto de estar mais arrumado quando faço isso.

Megan estranhou. Ele não costumava pedir favores. Então lembrou que no dia anterior ele precisara sair mais cedo do trabalho, por sua culpa. Ela pousou o leite na mesa, de repente sem vontade de beber o que tinha colocado no copo e perguntou cheia de remorso:

– Tem alguma coisa a ver com ontem, pai?

Renato parou de ajeitar a gravata. Ainda estava um pouco torta, mas ele parecia preocupado com outra coisa. As rugas voltaram aos seus olhos. Ele se virou para Megan e disse com uma expressão séria:

– Tem sim, filha.

– Pai... Você ficou encrencado? Olha, eu posso falar com ela se ajudar, dizer que fui uma idiota, uma péssima filha e...

– Não é isso, Megan. Fique calma, não estou com problemas no serviço por causa disso, já liguei para um colega meu e ele disse que ficou tudo bem depois que eu saí ontem.

– Então o que foi?

O pai soltou o ar longamente pela boca e se sentou à mesa, de frente para a filha. Ele apanhou sua mão e alisou-a com a ponta dos dedos. Parecia estar procurando as palavras certas para dizer algo difícil.

– Não gostei do que aconteceu ontem. Não, não estou dando bronca em você, Megan – ele completou ao ver a expressão da garota. – Só não gostei de ver você daquele jeito quando cheguei em casa.

– Pai, eu só tava dormindo...

– Você anda tendo muitas dores de cabeça.

– Foram só duas vezes, pai! É só cansaço, já falei pra você, não é nada demais, não começa...

– Eu marquei um médico pra você – o pai vomitou as palavras todas de uma vez, como se assim tornasse as coisas mais fáceis. Megan engasgou; havia algo em sua garganta, algo que travava sua voz. – É por isso que vou falar com minha chefe, vou pedir a tarde da próxima segunda-feira livre para isso. E você vai, Megan.

Ele falou a última frase com um tom de ordem que dificilmente utilizava, especialmente com ela.

Megan detestava médicos. Na verdade, morria de medo deles, era uma quase uma fobia. Ela não costumava dizer aquilo em voz alta, pois seu pai se culpava por ter permitido que isso acontecesse, que ela visse tantas coisas quando tinha apenas dez anos. Megan passara quase todo um ano vendo médicos demais, passando muito tempo em um hospital que fedia a sangue, urina e antisséptico, assistindo a sua mãe definhar sem que pudesse fazer nada para ajudar. E os médicos também não fizeram muita coisa. Mesmo com tantos tratamentos, tantas alfinetadas, sua mãe estava morta, não é?

Não, ela não iria ao médico só por causa de uma dor de cabeça idiota.

– Mas... pai! Eu não vou!

– Claro que vai, Megan. Eu não estou pedindo sua opinião agora, filha. Estou sendo seu pai e estou dizendo que você vai!

– E quem vai buscar a Mina na escola? Você não deveria pedir a tarde de folga no trabalho, o que vão pensar? Logo agora, que você já teve que sair mais cedo!

– Você não vai dizer o que eu devo ou não fazer, Megan! – o pai ergueu a voz, ríspido. – Eu ainda sou o seu pai e você é uma adolescente! Eu tenho o direito e o dever de cuidar de você e vou levá-la ao médico sim. Quando você for adulta, aí sim poderá se matar, como a sua mãe, que não queria se tratar! Mas enquanto você for menor de idade e eu estiver por aqui, não vou permitir isso!

As palavras ecoaram na cozinha, duras, secas. Um silêncio se formou depois disso. Megan encarava o pai, os olhos arregalados, sem acreditar no que estava acontecendo. Renato a encarava de volta, as sobrancelhas franzidas, o rosto vermelho, ofegante como se tivesse corrido quilômetros. Ficaram dessa maneira até que um choro rompeu o silêncio.

Mina.

Ela estava na porta da cozinha, parada, os olhos cheios de lágrimas, fungando alto. Alanis a rondava, fazendo círculos a seu redor, miando e tentando acariciá-la com a cabeça, mas Mina parecia não vê-la. Ela só olhava para o pai e a irmã, as lágrimas rolando livremente por seu rostinho.

– Mina...

– A mamãe...? – Ela perguntou com a voz fininha.

– Não é nada disso, filhota – Renato disse depressa, correndo para apanhá-la no colo e apertá-la contra si, embalando-a. Ele olhou para Megan, magoado, talvez novamente decepcionado. – Não foi nada disso que você ouviu... Eu não falei sério, Mina...

– *Focê* – ela disse pelo nariz – e a Megan estavam brigando...

– Já passou, filhota. Já está tudo bem, não é, Megan?

Ele a olhou incisivo. Megan sentiu um estranho *déjà vu*. Era como se estivesse assistindo à reprise de um filme de terror na tevê. Ela, a cozinha, Mina chorando, alguém gritando – seu pai ou sua mãe? Estava tudo embaralhado na sua cabeça.

Quer dizer que sua vida não é tão diferente da minha.

Era a voz dela, Megami. Ela estava ali. Ainda no fundo, mas novamente acordada. Presente.

Cale a boca, Megan pensou, quando na verdade queria gritar. Sua vida não era igual à de Megami, nem um pouco...

– Está. Está tudo bem. – Megan disse, sentindo uma pontada na cabeça que indicava o contrário.

Uma mentira. Você está vivendo uma mentira, debochou a voz aguda de Megami.

O pior é que ela tinha razão.

Nada estava bem de verdade.

*

O silêncio os acompanhou durante todo o caminho de carro até a escola. Nem mesmo Mina, que era tão tagarela, falava alguma coisa.

Parece que temos algo em comum, não?

Cale a boca, Megan pensou, mas não sabia se adiantaria. Megami só falava com ela em voz alta e ela não poderia fazer isso naquele momento. Além disso, ela duvidava que a outra a obedeceria, mesmo que a escutasse. Megan sentia – mais do que ouvia – as risadinhas debochadas de Megami lá no fundo.

O que mais doía é que ela não estava errada. A cena na cozinha e, agora, esse caminho tortuosamente silencioso de carro a lembravam terrivelmente daquela outra vida, a vida que tomara emprestada de Megami. Ela tinha certeza que as dores de cabeça, o cansaço, tudo isso era culpa dela, daquela estranha ligação que construíram e que Megan precisava desfazer o mais rápido possível. Tinha que encontrar algum jeito de mandar Megami de volta para aquele outro mundo; trazê-la fora estúpido e perigoso. Estava interferindo na sua vida e trazendo à tona um monte de coisas horríveis para ela.

Depois que Mina ficou na escola, o pai deu a seta e colocou o carro de volta na avenida. Esperou se distanciarem apenas alguns metros e, aproveitando que a filha mais nova não estava ali, começou a falar:

– Não gosto que a gente fique assim, Meg... Eu só tenho você e Mina, não quero brigas lá em casa.

Megan não respondeu de imediato. Claro que as palavras do pai a comoviam, mas no fundo ela também estava chateada com ele. Renato não precisava ter marcado uma consulta assim tão depressa, sem nem ao menos falar com ela antes. Era seu corpo, afinal. Sua vida. Ela era sim sua filha e menor de idade, mas também era uma pessoa, isso sem contar que depois de tudo que acontecera e de todas as responsabilidades que assumira naquela nova vida após a morte de sua mãe, ela achava que tinha conquistado alguns pontos a seu favor para tomar decisões. Tinha ficado bem claro que estava errada e o pai não lhe daria abertura nesse assunto.

– Você não devia ter feito isso tão depressa – ela disse com a voz miúda, teimosamente. – Poderia ao menos ter falado comigo, conversado direito...

O pai virou depressa em uma rua paralela, para evitar o trânsito da Avenida Pedro Lessa, onde ficava a escola de Mina. Não desviou os olhos do tráfego para falar com a filha. Sua voz era cansada, mas firme.

– Se eu falasse com você antes, Megan, você não iria aceitar. Nós brigaríamos e eu teria que tomar essa atitude mais cedo ou mais tarde. Você me obrigaria a fazer isso.

Megan sentiu algo que identificou como raiva borbulhando no estômago. Emburrou ainda mais a cara, sem se importar se isso parecia infantil, e virou-se para a janela, observando as casinhas pequenas do bairro passarem depressa. Era muito mais fácil colocar a culpa nela, não é?

Ele faz isso o tempo todo.

Ela não tinha *nada*. Na verdade, sabia muito bem qual era o problema, mas seria ainda pior contar para o pai. Vai que ele resolvia marcar um psiquiatra ao invés de um clínico geral? Só faltava dizer que Megan estava maluca.

Vai ver você está, oras. Já parou para pensar nisso?

– Megan? – o pai a chamou. Tinham chegado à escola e ele encostou o carro em uma vaga para os alunos descerem. – Por favor, não dê uma de adolescente rebelde, sei que você é bem mais madura que isso. É só um médico. Nós vamos, ele vai pedir alguns exames e tudo vai ficar bem. Se Deus quiser você está certa e é só cansaço, estresse por causa das provas... Hein?

Megan suspirou pesadamente. Não queria mais falar naquele assunto, estava cansada de discutir com o pai. Na verdade, naquele instante, a própria voz dele a irritava. Precisaria passar algum tempo longe dele. A escola era ironicamente bem-vinda. Com sorte, quando se vissem novamente pela noite, a raiva já teria passado.

Ou talvez não, Megan.

Ela não respondeu. Nem a Megami, nem ao pai. Apenas deu de ombros, colocou a mochila nas costas e saiu correndo em direção ao portão. Estava atrasada.

*

Quando Megan entrou na escola foi avisada pelo porteiro que teria que esperar fora de sala e entrar somente na segunda aula. Ela não se importou; subiu as escadas e se escondeu no banheiro, tomando cuidado para não olhar o espelho.

Jogou a mochila no chão e sentou-se no vaso sanitário. Aquilo não poderia estar acontecendo. Dois dias antes sua vida era ótima, perfeitamente normal, e ela se dava bem com o pai e a irmã. Agora estava brigada com o pai, a irmã estava triste e ela tinha uma maldita perseguidora dentro da sua cabeça, o que significava que nem fugir dela era possível. Para piorar, seu pai achava que algo maligno estava dentro de sua cabeça e queria consultar um médico. E ela sabia muito bem o que ele achava que era esse "algo".

Um médico não a ajudaria a expulsar Megami da sua cabeça. Ela teria que agir por conta própria e descobrir como fazê-lo.

Você não vai conseguir, Megan. Eu já sei como vir para cá. E quer saber, aqui é muito divertido. Você só está perdendo tempo e energia.

As risadinhas debochadas de Megami ecoaram na sua cabeça. Megan sentiu a raiva borbulhando novamente no estômago.

– Ah, eu vou descobrir um jeito sim, Megami. Você não vai tomar minha vida.

Eu não preciso tomar sua vida. Nós podemos fazer um negócio. Quem sabe, uma troca?

Aquilo atingiu Megan em cheio feito uma flecha. O que ela estava dizendo?

É, Megan. Eu tenho uma vida boa, você não acha? Tenho uma mãe, uma família completa. Lá também tem o Daniel e, além disso, tenho até amigas e sou popular. Quem não iria querer isso?

– Eu não quero ser como você – Megan disse depressa, alto demais. Se alguém passasse e a encontrasse ali, escondida no banheiro, teria problemas. Até conseguir que alguém entendesse que ela não estava bolando aula e na verdade estava esperando o horário da segunda aula já estaria na diretoria. Ela abaixou o tom de voz, sussurrando. – Eu não quero ser você.

Ah, não, é? Bem, mas você não precisa ser como *eu. Você pode ser você mesma, mas na minha vida.*

A proposta dela pareceu ecoar. A primeira coisa que veio à mente de Megan foi o rosto da mãe, viva, naquela outra vida. Mas ela detestava a filha. Todos a detestavam por lá. Megami, talvez se tornando mais forte, pareceu ouvir seus pensamentos dessa vez. Ou adivinhá-los.

Você pode conquistá-los. Pode consertar tudo.

– E qual seu interesse nisso? – Megan perguntou, desconfiada. – Até ontem estava me expulsando da sua vida.

Bem... os meus interesses não são da sua conta, querida.

*

"O que aconteceu?"

Megan leu o bilhete que Daniel passara dentro de uma caneta na aula de física. Ele sempre era cuidadoso, mas Megan achava desnecessário, coisa de *nerd* CDF que ele era mesmo. Às vezes ela passava a resposta na cara dura, só para ver o rosto do garoto ficar vermelho feito um pimentão. Mas não naquele dia. Ela estava nervosa e tudo estava dando errado. Era melhor não dar sopa para o azar.

Ela entrou no começo da segunda aula. A primeira aula fora da Dona Tanajura (graças aos Céus ela a perdera, até que a briga com o pai servira para alguma coisa). Megan entrou logo que a professora deixou a sala e recebeu um olhar de desprezo da formiga atômica.

– Bolando aula por aí, Megan? – ela perguntou, insuportável. – A diretora vai ficar sabendo disso.

– Ela já sabe – Megan retrucou, impertinente. – Cheguei atrasada e só podia entrar na segunda aula. Assinei o aviso lá na portaria.

Tanajura ergueu as sobrancelhas, mas não disse mais nada e foi embora gingando pelo corredor, com certeza com pensamentos terríveis de torturar outros alunos menos sortudos. Mas reservaria algo para Megan em outro dia. Era uma cobra rancorosa aquela mulher.

A próxima aula até que era boa, apesar de ser Física. O professor era um careca que usava um avental comprido e frequentemente fazia uma imitação de absorvente interno, para delírio e risadas da sala. Mas aquele dia Megan não estava com paciência nem para isso.

Ela rabiscou uma única palavra para Daniel: "depois", e devolveu o bilhete dentro da caneta novamente. O amigo a olhou intrigado por cima do ombro, mas continuou fazendo suas frenéticas anotações até o sinal do abençoado intervalo soar por todo o colégio.

– Agora você me fala – foi a primeira coisa que Daniel disse depois que o sinal soou e o mar de alunos se espremeu para sair da sala e alcançar a semiliberdade do pátio.

– Credo, Daniel, às vezes você parece uma velha fofoqueira. Podemos respirar um pouco antes, quem sabe tomar um lanche? Eu nem comi direito hoje de manhã.

– Bem, comer é sempre uma boa ideia.

– Sabia que ia gostar da sugestão – Megan piscou para ele, feliz que ele tivesse pescado a intenção de mudar de assunto. Não estava nem um pouco a fim de falar sobre o que acontecera. Falar significaria que teria que contar a ele sobre o que *realmente* estava acontecendo e ela ainda não sabia se queria isso ou não. Era tudo louco demais, inacreditável demais. Daniel era seu melhor amigo, mas até ele deveria ter um limite para acreditar em Megan. Ela até o imaginava dizendo que deveriam examinar sua cabeça porque a garota certamente precisava apertar alguns parafusos.

Na verdade, ela secretamente esperava que não, mas aquilo também era uma desculpa para fingir que as coisas estavam bem.

A espera pareceu eterna na enorme fila da cantina, mas Megan nem ligou. Quando Daniel tentou voltar ao assunto enquanto esperavam, ela disse que não queria falar ali, onde poderiam escutá-la. Sabia que era idiota ficar adiando e inventando desculpas, mas não conseguia fazer diferente.

E pior era que o tempo inteiro ela ouvia as risadinhas de Megami, enlouquecendo-a. Ela só queria que a garota ficasse calada por um único minuto, mas continuava sentindo-a lá embaixo, debochando, rindo e cutucando-a. Era como ter um rádio ligado dentro da cabeça, sintonizado naquelas estações em que se discutia futebol. Megan gostava de futebol, mas ficava maluca quando ouvia dois minutos de discussão entre um monte de caras velhos questionando se afinal o juiz tinha ou não metido a mão no time da vez.

Você é tão engraçada que chega a ser patética, Megan.

Ela sabia que era só provocação, e ela estava acostumada a isso, mas vindo de Megami ela não conseguia deixar de ficar irritada. Tentava lembrar que ela era só mais uma garota estúpida, como aquele trio idiota que estava passando perto deles na cantina: Stefanie, Renata e Milene, *que está no nosso lugar*, Megami completou com raiva. Megan tentou pensar em outra coisa, mas sua cabeça doía ainda mais quando fazia isso. Daniel percebera o mau humor e, por isso mesmo, resolveu ficar quieto. Ele, mais do que ninguém, sabia que não deveria cutucar uma Megan mal-humorada.

Na volta para a sala de aula, no entanto, Daniel puxou o braço da amiga e sussurrou no seu ouvido, entre dentes:

– Na volta tu vai ter que falar alguma coisa. Não dá pra querer minha compreensão se você não diz nada. E eu não vou ficar aguentando as tuas patadas sem nem saber o porquê.

– Quem disse que eu quero? – As palavras pularam da boca de Megan num ímpeto inconsciente. Ela se arrependeu no mesmo instante.

Sabia que eram as suas palavras, não de Megami. A garota riu lá no fundo. Mas sabia também que não estaria tão irritada se não fosse por ela e por aquela maldita dor de cabeça.

Daniel a olhou com as sobrancelhas erguidas, calmo, porém perigoso. Megan sentiu o estômago afundar. Parecia que tudo que ela tocava estava desmoronando. Engoliu em seco e seguiu o amigo. Quando a professora de português se virou para a lousa, uma senhora rígida que era a cara da McGonagall dos livros de Harry Potter, Megan cutucou o amigo e enfiou um bilhetinho amassado na sua mão.

"Desculpe pela grosseria. Não estou sendo eu mesma ultimamente. Na saída a gente conversa."

Daniel não respondeu ao bilhete.

Capítulo dez – Maligno

– Eu já pedi desculpas, Daniel. Dá pra parar?

– "Eu já pedi desculpas", ela diz, toda cheia de si, enquanto Daniel, também conhecido como "o saco de pancadas", aguenta mais um dia de pancadaria intensa no UFC de Megan.

Daniel usou sua melhor voz fina numa imitação fajuta de Megan. A garota suspirou. Era melhor deixá-lo soltar todas as piadinhas e reclamações. Ele só voltaria ao normal depois de dizer tudo que queria, não tinha outro jeito.

Os dois caminhavam, como de costume, até o ponto da Bike Santos, com Daniel empurrando sua bicicleta. O ponto era a uma quadra da praia; eles seguiam de bicicleta pela rua até entrarem na ciclovia e pegarem o caminho de casa. Megan olhou o relógio e teve uma ideia.

– Daniel... Você tá com muita pressa de chegar em casa?

Ele olhou para Megan por cima dos ombros, piscando um dos olhos por causa do sol que batia em parte do seu rosto. Parecia atraente olhando-a daquela maneira.

– Por quê? Isso é algum tipo de proposta indecente?

Ora, ora, o que é isso?

Megan engoliu em seco e engasgou de repente. Começou a tossir feito louca até que Daniel bateu em suas costas, meio preocupado, meio rindo, e disse para ela erguer os braços até desengasgar. Quando isso aconteceu, Megan achou estranhamente difícil continuar olhando para ele.

O que ela estava pensando, afinal? Era Daniel. *Daniel.*

– Você tá muito estranha hoje mesmo, Meg. – Ok, aquilo era bom. Ele tinha voltado a chamá-la de Meg. – A única coisa de que tenho pressa é o almoço. Mas se você me pagar alguma coisa por aí para comer – e você deve uma para seu saco de pancadas matinal – bem, aí a gente pensa melhor na sua proposta fatal.

Droga, por que ele tinha que brincar daquele jeito justo agora?

Megan pigarreou e conseguiu finalmente falar, mas ainda era difícil encará-lo.

– É só que eu pensei em sentarmos um pouco na praia para olhar o mar e... bem, conversar. Quero contar umas coisas pra você.

Você vai contar? Ah, Megan, se você contar...

Megan mandou Megami calar a boca mentalmente. Ela imaginou a garota se afogando no mar escuro e pegajoso da sua raiva por ela, afundando cada vez mais. Ela não sabia se iria funcionar e parecia ridículo quando imaginava, mas era o melhor que podia fazer.

Daniel ergueu as sobrancelhas enormes até que elas quase tocassem seus cabelos.

– Opa, fui agraciado com uma bênção dos céus – Daniel disse e, como Megan revirou os olhos, irritada, ele logo emendou – Vamos lá, Meg. Eu deixo você me pagar um pastel.

Os dois caminharam juntos até a praia. Daniel prendeu a bicicleta em um poste e os dois se sentaram na areia, em cima dos chinelos. O tempo estava bonito, mas o sol não era quente. Estavam no final de outubro, quase novembro, quando o verão já se anunciava na cidade, tímido. Logo começariam as provas na escola e as decorações de Natal já seriam montadas nos shoppings. Megan não gostava do Natal; era próximo demais do aniversário de morte de sua mãe e a data mais triste do ano.

Quando o silêncio se colocou entre os dois e Daniel claramente esperava um movimento de Megan, ela resolveu começar pelo que mais a incomodava:

– Briguei com meu pai hoje de manhã.

Foi a vez de Daniel quase se engasgar com a Coca-Cola.

– OK. E o apocalipse zumbi vai ser quando?

– É sério, Daniel.

– Tem certeza que você não tá falando da minha vida? Eu é que vivo tretando com meu pai.

Megan chutou um punhado de areia, começando a cavar um buraco com os pés. Seu pai dizia que ela tinha síndrome de tatu. Vivia encontrando correntinhas perdidas e até mesmo alguns óculos escuros por causa do hábito.

– Ele quer... Bem, na verdade ele não sugeriu, ele marcou uma consulta pra mim na segunda-feira.

– No médico?

– Não. No cabeleireiro. Claro que foi no médico, Dan.

– Hum – Daniel deu uma mordida no pastel e ficou observando um navio de carga atravessando a baía, ponderando as palavras de Megan. – E por que ele fez isso?

Megan coçou a cabeça antes de responder.

– Eu tive umas dores de cabeça esses dias.

Daniel a olhou de lado, mas não disse nada. Megan sentiu que ele estava esperando que ela dissesse mais alguma coisa.

– Ontem eu tive uma dor de cabeça meio forte... Quando cheguei em casa deitei pra descansar e acabei dormindo a tarde inteira. Esqueci de buscar a Mina na escola, deu o maior rolo...

– Você tava meio estranha ontem mesmo – Daniel comentou. Megan olhou pra ele, surpresa. Será que ele tinha percebido que não era ela, mas sim Megami, que estivera ali o tempo todo?

Deixe de ser idiota, disse uma vozinha em sua cabeça que ela sabia a quem pertencia. *Ele não tem como saber que eu existo. A menos que você conte e você não vai contar, Megan. Você vai ferrar a gente se fizer isso.*

– Mas foi uma dor de cabeça muito forte? – Daniel perguntou depois de um tempo, ainda olhando o mar. O navio já estava virando a baía e sumindo no horizonte.

Megan demorou algum tempo para responder. Fora uma catástrofe. Ela perdera os sentidos no corredor do prédio e foi uma sorte que ninguém a tivesse encontrado naquela situação, ou seu pai ficaria ainda mais enlouquecido. Depois ela praticamente desmaiou ao invés de dormir. O que Daniel diria se ela contasse tudo isso? Ela olhou para o amigo, que devolveu o olhar. Fazia sentido mentir para ele?

Faz sim. Não estrague tudo. Estou avisando, Megan.

Se Megami dizia aquilo, o certo era fazer o contrário.

– Foi. Meio. Quer dizer... eu meio que capotei no sofá.

Daniel arregalou os olhos.

– Mas meu pai não precisava ter feito isso! – Megan disse rapidamente ao ver a expressão do amigo. – Ele não tinha esse direito! Não precisava marcar uma consulta... Ainda mais sem me dizer nada. Eu não quero... não gosto de ir ao médico. Você sabe, Daniel...

– Megan...

– Não faz essa cara.

– Mas meio que dá pra entender porque ele ficou preocupado, Meg.

– Não, não é a mesma coisa!

– Pode não ser, mas é claro que isso passou pela cabeça dele, Megan.

– Daniel...

– Megan, sua mãe teve câncer no cérebro. E ela começou com dores de cabeça que foram ficando cada vez mais fortes. Como não se lembrar disso agora?

Megan desviou o olhar do rosto do amigo, não conseguia encará-lo. É claro que fora exatamente isso que seu pai pensara. Até ela,

Megan, chegou a cogitar o assunto, mas ela também tinha certeza que era impossível. Sabia muito bem o que causava aquelas dores de cabeça. Não era câncer, era outro tipo de tumor, e ele tinha nome: Megami.

Maligno.

– Não é isso – ela murmurou com a voz fraca. – Não é, eu sei que não.

– Claro que não... – Daniel disse, mas ela sentia que ele estava sendo condescendente, talvez até mesmo esperançoso, como ela já fora um dia. – Mas só por precaução, é melhor ir ao médico. E você se lembra que na época os médicos disseram que você e Mina teriam que sempre fazer exames, por causa da hereditariedade... E você sempre fica evitando fazê-los.

Ela sentiu novamente aquela raiva borbulhando no estômago. Era uma mistura de indignação, angústia, teimosia, medo.

– NÃO É, DANIEL! – ela se virou para o amigo, seus rostos muito próximos. Daniel arregalou novamente os olhos, espantado, mas não recuou. Manteve-se firme, provocando-a.

– Como você pode ter certeza que não é? – ele perguntou em tom de desafio.

– Eu... – ela deveria contar? *Não, não, cale a boca!* – Eu simplesmente sei.

– Isso não existe, Megan – o amigo retrucou, sério como ela dificilmente o via. – Para de brincadeira. O teu pai tá certo, tu tem que ir no médico.

Megan sentiu as palavras na ponta de língua. Ela se levantou, enfurecida, os punhos fechados, tremendo. Estava com raiva: do pai, de Daniel, daquela conversa, de Megami, do mundo. Queria que tudo explodisse e que todo mundo a deixasse em paz.

Daniel se levantou também, olhando-a firme nos olhos, sem piscar. Ele estava ficando cada vez mais alto e tinha uma boa vantagem ao encará-la agora. Megan desejou que ele não crescesse tão depressa, que ele ainda fosse menor que ela, como quando eram crianças.

Mas Daniel ainda era Daniel. O seu melhor amigo, seu confidente. A pessoa que estivera ao seu lado nos melhores e piores momentos. Ele dizia aquilo porque não entendia, não sabia. Ela só estava criando barreiras porque estava com medo, mas no fundo sabia, *tinha certeza*, de que ele a entenderia. Ele a ouviria e a apoiaria. Daniel era uma das poucas pessoas realmente constantes na sua vida. Quando ele era seu amigo, era pra valer.

Mas como explicar? Por onde começar?

Comece ficando quieta. Comece calando a boca.

Ela sentia Megami muito próxima, quase na superfície. Não entendia por quê, mas aquela informação era importante e ela não queria que ninguém soubesse de sua existência ou daquela estranha conexão do espelho. Ela estava com medo, Megan podia senti-lo: era pegajoso e frio. E Megami se apoiava nele para se erguer, tornando-se cada vez mais forte.

Se Megan queria ter a chance de contar o que estava acontecendo, teria que ser agora.

– Eu sei porque tem algo acontecendo comigo. Você se lembra daquele sonho que contei a você, Daniel? Pois é, ele é real.

Você vai se arrepender disso.

*

Megami se calou depois disso. Ela parecia uma criança teimosa, sentada no canto de um quarto escuro, emburrada, remoendo mágoas, vingativa, talvez maquinando algo horrível naquele exato instante.

Em silêncio.

Megan não sabia se ficava aliviada ou apavorada.

Naquele dia ela se lembrou de buscar Mina na escola. Daniel a acompanhou, pedalando devagar ao seu lado na calçada. Ele não parecia querer deixá-la depois da história horrível que ela lhe contara, porém, ao mesmo tempo, parecia diferente também. Ele se mantinha um pouco afastado e evitava tocá-la, até mesmo olhá-la nos olhos, como se tivesse medo do que veria refletido neles, como se o fato de Megami estar ali, dentro dela, fosse uma espécie de doença contagiosa.

Aquilo dava a Megan a sensação de seu coração sendo espremido por uma mão enorme e fervente, mas não disse nada a Daniel. Conseguia entender o que ele sentia, apesar de não aceitar. Talvez ela se sentisse da mesma maneira se ele viesse contando a ela algo tão estranho e aterrorizante quanto sua história.

Era como se houvesse um monstro em seu interior, e algumas vezes ele a possuía. Essas foram as palavras de Daniel quando ela contou tudo. Ele dissera várias outras coisas também, até mesmo mencionara exorcismo, mas Megan rira e dissera a ele para não exagerar, apesar de ter sentido um calafrio na espinha ao ouvir aquela palavra. Sua vida não era um dos filmes de terror que eles assistiam nos finais de semana, comendo pipoca na sala. *Não podia ser.*

Mas Daniel fora compreensivo também, como ela esperava e desejava que fosse. Ouvira toda sua história e em momento algum duvidou. Não disse que ela estava maluca ou que precisava apertar os pinos no cérebro – mesmo que insistisse que ela ainda fosse ao médico na consulta que o pai marcara, o que ela no final acabou aceitando, apesar de contrariada. Daniel sempre a convencia com seu jeito apaziguador e calmo, às vezes irônico, mas sensato. Megan sabia que seu problema era outro, mas iria ao médico mesmo assim, pelo menos para apagar aquelas preocupações da cabeça do pai e do amigo.

Mas ainda havia um grande problema: como expulsar Megami de dentro de sua cabeça?

Ela contou a Daniel sobre o espelho, claro, e sobre como ela também o utilizara para visitar o mundo de Megami e vivera sua vida, aquela existência ao contrário, onde tudo – ou ao menos *quase tudo* – parecia errado. A única vez durante toda a conversa que Daniel tivera coragem de tocá-la foi quando Megan contou sobre sua mãe e como ela estava viva do outro lado. O amigo segurou sua mão com delicadeza, alisando as costas dela com o polegar. Era algo que não fazia com frequência, mas Megan se lembrava daquele gesto.

No enterro de sua mãe um Daniel de onze anos ficara todo o tempo ao seu lado e, enquanto o caixão era colocado lentamente naquele buraco negro e frio, ele segurara sua mão e a acariciara daquela maneira. Megan jamais esquecera aquilo. Ela pressionou de leve o lugar onde ele a tinha tocado enquanto caminhavam juntos, agora que havia aquele abismo frio entre os dois, construído com tijolos de medo.

– Mas e o espelho? – Daniel perguntou pela décima vez, enquanto esperavam o horário da saída de Mina do colégio. Os portões ainda estavam fechados e um porteiro mal-humorado os encarava com desdém do outro lado das grades, apesar de certamente se lembrar do rosto de Megan, já que ela vinha buscar a irmã praticamente todos os dias. O porteiro de uma escola infantil devia ser mais gentil, ela pensou, lembrando-se com carinho do Seu Rogério, o gigante cor de chocolate que sempre sorria para os alunos em sua escola.

– Dan, já te contei tudo o que sei sobre o espelho – Megan disse, cansada, encostando-se ao muro do colégio e cruzando os braços.

– Eu o atravessei e *ela* também. Às vezes eu a vejo em outros espelhos... Outras vezes ela me vê. Mas a passagem é feita apenas pelo espelho no quarto da minha mãe... ou da nossa mãe. Não sei como funciona. Isso tudo é muito novo e louco demais até pra acreditar.

O garoto olhou para o interior da escola de Mina, como se esperasse encontrar a solução lá dentro. Megan gostaria que ele olhasse para *ela*.

– A gente precisa descobrir como mantê-la do outro lado, então. Algum jeito que ela fique lá e não volte mais – ele se virou para Megan e subitamente a encarou bem nos olhos, assustado. – Ela não tá ouvindo isso, tá?

Megan deu de ombros, indiferente; lá estava aquele medo de novo. Apesar de isso incomodá-la, no fundo, sentia-se feliz por Daniel estar ali, apoiando-a. Ele até agora não sugerira nada que ela já não soubesse, mas ao menos estava ao seu lado e, mesmo que estivesse claramente apavorado, ainda não tinha pegado a bike e fugido dali.

– Ela parece quieta agora – Megan resmungou. – Quieta demais.

– É estranho pensar que outro dia eu falei com ela achando que era você – ele desviou os olhos novamente, com um leve tremor nos ombros. – Isso é tão maluco... Tão...

– Se é assustador para você, imagine para mim.

Ele pareceu envergonhado. Havia um leve tom magoado na voz de Megan, mas mesmo sabendo disso ela não tentou se expressar de outra maneira.

– Eu sei, Meg... mas...

– Mas o quê, Daniel?

– Sei lá... Você disse que não é você mesma, que algumas vezes ela se torna tão forte que você se apaga aí dentro. E se...

Ele parecia assustado demais para dizer o que pensava. Megan sentiu o coração acelerar de pavor e ansiedade.

– Diga de uma vez, Dan!

– E se você machucar alguém? – Ele disse finalmente, encarando-a com os olhos arregalados. – E se ela machucar alguém que você gosta?

Megan tentou recuar, aterrorizada demais com aquela ideia. No entanto, logo sentiu a parede fria da escola em suas costas. Não havia para onde ir, assim como não tinha como fugir daquela situação.

– Eu não vou permitir isso, Daniel – ela disse com a voz fininha, mas sem a convicção que esperava. – Vou protegê-los.

– Mas e se você não conseguir? E se não estiver presente quando algo assim acontecer? E se ela te apagar, Megan? Como fica?

A cabeça de Megan girava. Ele não poderia estar sugerindo algo tão horrível. E ela não sucumbiria a ponto de Megami dominá-la daquela maneira. Ela se lembrou da vida da garota, lembrou que chegara a sentir pena dela... Megami seria capaz? Ela parecia uma pessoa detestável, era verdade, mas seria cruel a esse ponto?

Você vai se arrepender disso, ela dissera antes.

Ela estava tão quieta... Poderia estar planejando algo? Será que estava reunindo forças para assumir o corpo de Megan novamente e machucar Daniel, seu pai, talvez Mina?

O sinal da escola tocou, assustando-a. Daniel desmontou da bicicleta, encostando-a ao muro, posicionando-se um pouco à frente de Megan. Sua atitude era protetora, mas ela sabia que Daniel não a estava protegendo dos outros, mas inconscientemente protegendo os outros *dela*.

Mina saiu correndo pelo portão assim que viu os dois, com um grande sorriso nos lábios. Isso de certa maneira aliviou o coração de Megan. A última imagem que tivera da irmã pela manhã fora de apatia e de seu rostinho choroso. Era bom saber que ela estava feliz novamente, como uma criança deveria ser: sem preocupações. Decidiu que falaria para o pai que iria ao médico e não iria mais reclamar. E para a irmã também.

Ela se adiantou para abraçá-la, mas Daniel foi mais rápido. Ele a pegou no colo, girando-a. Mina riu alto, com gosto. Novamente, Daniel estava protegendo-a: de Megan e do que ela guardava dentro dela.

Seria assim dali pra frente? Ela teria medo de ficar perto dos outros? Precisaria de Daniel cuidando dela, vigiando-a? Megan quase se arrependeu de ter contado tudo a ele. Mas aí ele não estaria ao lado dela o tempo todo. Em algum momento, ela ficaria sozinha. E então...

Ela precisava dar um jeito em Megami. Rápido.

Daniel deu a Megan um olhar que parecia de aviso ou cautela e depois fez Mina sentar-se em seus ombros, como Renato costumava fazer. Ela adorava isso. Megan, tentando se conformar, mas sentindo novamente o começo daquela raiva borbulhante, pegou a mochila da irmã e subiu na bicicleta de Daniel, sem dizer nada. Ele a olhou espantado, mas a resposta de Megan foi apenas o silêncio.

– Você vai com ela? – Daniel perguntou.

– Ela é grande demais pra você, Megan – Mina zombou, rindo. – Você vai cair de cara no chão.

– Não vou não – Megan retrucou, teimosa e emburrada, lançando um olhar irritado para Daniel. A bicicleta estava *mesmo* alta, mas ela estava acostumada com isso e pedalava devagar, para acompanhá-los. – Pelo menos alguma coisa eu posso fazer, não é, Daniel?

O olhar dele contou a Megan que sim, ele entendera a mensagem, ela estava enfurecida por ele estar afastando Mina dela, para proteger a menina. Por um lado, Megan entendia, mas isso não mudava o fato de que ela odiava aquela situação.

Eles caminharam juntos, Daniel perguntando a Mina como tinham sido as aulas, enquanto Megan pedalava lenta e silenciosamente. Tentava ouvir a voz de Megami dentro de si, mas ela continuava quieta, fingindo-se de morta, com certeza tentando pegá-la desprevenida. Mas Megan não abaixaria a guarda, não agora que Daniel levantara aquela suspeita.

Ela precisava pensar em alguma coisa... Passar de um lado para o outro não parecia adiantar, agora que as duas sabiam como fazê-lo e acompanhariam uma à outra de qualquer maneira. Parecia que estavam estranhamente conectadas, e o que Megan precisava fazer era descobrir como cortar aquela ligação sinistra.

Se ao menos tivesse alguém para perguntar... Alguém experiente. Alguém que pudesse aconselhá-la de verdade, alguém mais velho, uma pessoa que não fosse Daniel, uma pessoa que não estivesse com medo dela.

Era nesses momentos que se sentia assim perdida que sentia mais saudade de sua mãe.

Sua mãe que ainda existia em outra vida, em outro lugar...

E ali estava morta.

Mas ainda havia algo de sua mãe, Megan se lembrou, surpresa por não ter pensado naquilo por tanto tempo. Algo com seus pensamentos, sua memória, sua alma...

O diário.

– MEGAN, CUIDADO!

Foi por um triz que Megan não bateu em um carro que vinha pela rua. Do nada, suas mãos pareceram vivas e o guidão da bicicleta virou para o lado direito, e então ela estava na rua, na contramão, e um carro vinha em sua direção. Por puro reflexo, Megan virou o guidão para o lado oposto e se jogou na calçada, desmontando da bike de Daniel ao mesmo tempo que ela caía por cima dela. O carro passou zunindo e buzinando, os palavrões do motorista ecoando pela rua.

De repente ela se viu cercada por Daniel e Mina, um de cada lado, tocando-a para ver se ela estava inteira. Megan estava apavorada, o coração batucando dentro do peito, seu corpo inteiro tremendo. Ela tentava desesperadamente encontrar a voz de Megami dentro da sua cabeça, mas ela simplesmente não estava lá.

– Megan! Megan! – Daniel a chacoalhava. – Você tá me ouvindo? Tá tudo bem? MEGAN! Você tá aí dentro?

Ela olhou de Daniel para Mina e logo viu que a irmãzinha estava quase chorando. Abraçou-a apertado contra o peito.

– Desculpe, Mina, eu me distraí. Desculpe. Desculpe.

– O pai tá certo, Meg, você vai no médico, não vai? – A menina pediu com uma vozinha fina e irrecusável.

– Vou sim, Mina, não se preocupe. Eu prometo. *Prometo.*

Quando ela olhou para Daniel, o amigo tinha os olhos fundos e sérios, desconfiados. Ela sabia muito bem o que ele estava pensando.

Fora Megami, ela tinha certeza.

Mas por que então ela continuava tão silenciosa?

Capítulo Onze – O Diário

Daniel passou o resto da tarde na casa de Megan, promovendo sua vigilância enervante. Ele parecia ainda mais paranoico depois do acidente; ficava olhando de esguelha o tempo todo para Megan, como se esperasse que ela de repente surtasse e começasse a gritar ou se jogar da janela. Eles passaram horas assistindo a um filme na tevê e Megan chamou Mina para assistir com eles, em grande parte porque não queria ficar sozinha com o amigo, em parte porque não queria deixá-la depois do que tinha acontecido; Mina ainda estava assustada, mas Megan a fez prometer que não contaria o que aconteceu ao pai delas, senão ele ficaria ainda mais preocupado.

– Megan, você deveria contar – disse Daniel, e a garota teve vontade de dar um tapa em sua cabeça.

– Ele não precisa saber! Só vai servir para deixá-lo nervoso. Vocês dois, prometam ficar de bico calado. O pai não precisa ficar sabendo disso. Além do mais, já disse, a consulta está marcada e segunda-feira eu vou estar lá no médico, como uma boa menina. Ok, vocês dois?

Mina assentiu devagar e em silêncio, sentando-se no sofá e afundando-se nele. Daniel sentou ao lado dela, deixando o canto para Megan, separando-as. Pelo menos com Mina ali os dois não precisariam conversar; isso só faria com que ele relembrasse o assunto do espelho e de Megami, e ela não queria mais falar sobre isso. Daniel só foi embora quando Renato chegou em casa – quando, provavelmente, achou que era seguro deixar Megan. Antes disso, porém, quando ela o levou até a porta, Daniel avisou:

– Você sabe o que foi aquilo, não sabe?

– Não, Daniel, eu não sei – Megan disse entredentes.

– Foi ela!

– Mas ela não falou mais nada, nem mesmo depois disso.

Daniel revirou os olhos, irritado.

– Megan, pare de se iludir! Ela está armando pra você, não notou?

Sim, ela estava, Megan podia sentir. Porém, ao mesmo tempo, queria ter a ilusão de que ainda era mais forte, de que Megami não estava no comando. Aquela era a sua vida. Sua.

– Você tem que dar um jeito isso – Daniel avisou, sério. – Amanhã vou estar de volta aqui e você não vai me impedir. Nós temos que descobrir um jeito de botá-la pra fora. E rápido.

Ele fez um gesto para que ela telefonasse antes das portas do elevador se fecharem.

Megan fechou a porta, aliviada pelo amigo ter ido embora e culpada por se sentir dessa maneira. Ela sabia que Daniel estava certo, mas o seu olhar de acusação e terror era difícil de suportar. Ela tinha passado a tarde inteira impaciente, dividindo-se entre tentar escutar a voz de Megami em algum lugar do seu cérebro e ansiosa por se enfiar em seu quarto e abrir logo o diário de sua mãe.

Não queria fazer isso na frente de ninguém. Era algo seu, íntimo, algo que ela queria guardar só para si. Ela não sabia se lá encontraria alguma resposta, mas ao menos encontraria alguma coisa de sua mãe e, por enquanto, isso lhe bastava. Era quase como telefonar para ela e pedir um conselho.

Não, não era, mas era o mais próximo que poderia fazer.

Antes disso, porém, ela precisava passar por outras coisas. Depois que Daniel fora embora, Megan resolveu ajudar o pai com o jantar, mas o clima ainda estava esquisito. Ambos pareciam sem graça, cheios de dedos um com o outro. Mina ficou assistindo a um anime barulhento na televisão, e a primeira coisa que Renato fez quando encontrou uma brecha para falar a sós com a filha foi perguntar, aos sussurros:

– Você pensou melhor sobre o que conversamos hoje de manhã, Megan?

A garota continuou descascando batatas, silenciosa por alguns instantes antes de responder. Secretamente achava que era besteira o pai sussurrar; ambos sabiam que Mina estava de butuca, ouvindo cada palavra. O volume da tevê tinha baixado drasticamente; ela era espertinha, mas não o suficiente para disfarçar. O pai insistiu:

– Não quero levá-la arrastada ao médico, filha. Por favor...

Megan pousou a faca e encarou o pai.

– Eu sei, pai. Pensei nisso e... tudo bem, eu vou, mas você vai ver que não tem nada errado comigo.

O pai parecia tão aliviado que quase derreteu. Precisou se sentar na cadeira da mesa e segurou as mãos de Megan nas suas depois disso, abrindo um enorme sorriso cansado.

– Se Deus quiser não vai ter nada errado, filha, e aí você vai poder reclamar comigo o quanto quiser, combinado?

Megan sorriu, desviando o olhar para que ele não visse as lágrimas que se formaram no canto de seus olhos.

– Vou caprichar no jantar depois disso! Esqueça o purê, corte as batatas em tiras! Hoje é sexta-feira e nós vamos comer bobagens – ele disse animado, levantando-se e abrindo a geladeira. – Nós temos cheddar e requeijão... Hum... Mina, vem cá! – A menina veio correndo para a cozinha, ainda com o controle remoto na mão. Ela olhou com o canto dos olhos para Megan, mas não disse nada, felizmente. – Qual das minhas meninas quer batata frita com queijo?!

Mina ergueu a mão bem alto, cutucando Megan para que ela levantasse o braço também. Sorrindo, foi o que a garota fez, um pouco mais feliz do que estivera todo aquele dia, esquecendo-se por alguns instantes dos demônios que a perseguiam.

*

Quando passava das onze da noite, Megan finalmente fechou a porta do quarto e ficou sozinha, ou quase: a irmãzinha dormia tranquilamente na cama ao lado, já tinha caído no sono fazia algum tempo. O pai assistia a um documentário na tevê. Megan assistiu um pouco com ele, mas logo disse que estava cansada e que iria dormir.

Ela entrou no quarto na ponta dos pés para não acordar a irmã. O ambiente estava à meia-luz, iluminado apenas por um abajur da Mônica que Mina tinha ao lado da cama; ela não gostava de ficar no escuro de noite. A menina dormia um sono tranquilo, com as mãozinhas esticadas na direção de Alanis. A gata estava enroscada em sua barriga como uma bola. Seus olhinhos de contas esverdeados observaram Megan com desconfiança, mas logo voltaram a se fechar.

A primeira coisa que a garota fez foi caminhar até o espelho e ficar de frente a ele. Olhou-se por vários minutos, procurando algo diferente na sua imagem – um traço, uma expressão, um brilho no olhar –, mas não encontrou nada. Havia apenas seu rosto cansado, seus cabelos pintados de roxo, seus shorts de praia e sua camiseta com a cara do décimo Doctor Who. *"Brilliant!"*, estava escrito em letras garrafais.

Megami não estava ali, nem na sua cabeça. Era como se tivesse evaporado no ar.

Mas aquele momento, durante a tarde... Megan não conseguia explicar como perdera o controle do guidão, como ele de repente virara e a colocara naquela situação. Era como se tivesse apagado por cinco segundos, tempo suficiente para quase sofrer um acidente e quem sabe mais o que poderia ter acontecido.

Seria seguro examinar o diário agora? Ela o resgatou na sua gaveta de calcinhas e sentou-se na beirada da cama. Alisou a capa azul e a lombada com cuidado, usando apenas as pontas dos dedos, como se ele estivesse prestes a se desfazer. Não parava de pensar que a mãe teria feito a mesma coisa, manuseado aquele mesmo objeto... Ela tinha medo de abri-lo, por Megami, claro, mas talvez mais ainda por descobrir o que sua mãe escrevera ali. Algo dentro dela dizia que fazer aquilo era extremamente errado; era mais do que uma invasão de privacidade, era algo perigoso, doloroso. Mas se não abrisse, jamais poderia saber se havia algo ali que poderia ajudá-la. E, naquele momento, desesperada como estava, Megan seria capaz de aceitar qualquer tipo de ajuda.

Especialmente de sua mãe.

A garota apanhou o celular no criado-mudo e ligou o visor. Não queria acender o abajur e arriscar chamar a atenção de Mina para o que estava fazendo, ou pior, do pai, se ele passasse pela porta. A luz brilhante e clara da tela iluminou as páginas amareladas e Megan leu novamente as primeiras palavras da mãe escritas ali.

NÃO LEIA ESSAS PÁGINAS

As palavras lhe davam calafrios, mas também atiçavam sua curiosidade. Se quiser que alguém faça algo, diga-lhe para não fazer. Aquilo parecia muito mais do que um mistério qualquer. As palavras tinham algo de sombrio, algum segredo horrível que sua mãe não queria que mais ninguém soubesse.

O que significavam? Por que sua mãe escrevera aquilo? E, sobretudo, porque guardara aquele diário se não queria que ninguém mais o lesse?

Porque ela mesma queria relê-lo?

Ou talvez porque aquelas palavras seriam necessárias um dia...

Para Megan.

A garota sentiu um arrepio beliscar sua espinha; era como se o quarto tivesse ficado frio de repente. Ela teve, ao mesmo tempo, vontade de fechar o diário e de virar a próxima página. Suas mãos, no entanto, tremeram antes de fazê-lo. Ela o largou, sentindo como se estivesse fazendo algo sujo, pecaminoso.

Fechou o diário, segurou-o entre as mãos espalmadas, de olhos fechados. Seu coração batia depressa. Ela visualizou a lembrança que tinha da mãe, não a imagem recente e distorcida que encontrara do outro lado do espelho. Megan buscou suas próprias lembranças e a primeira que veio foi de uma Marina magra, carequinha e doente, tão frágil que parecia um galho seco prestes a se partir. Depois, em suas lembranças, os cabelos foram crescendo, o sorriso se iluminou... E havia então a imagem da mulher que lhe ensinou os primeiros passos e lhe deu o máximo de amor que sua curta vida permitiu.

Megan sentiu as lágrimas novamente encherem seus olhos. Ela passou a mão por eles, tentando se manter silenciosa, e então observou novamente a irmã adormecida, checando se não a tinha acordado. Pensou de repente nas palavras sombrias de Daniel naquela tarde. Megan não permitiria que Megami machucasse sua irmã, nunca. Sua mãe tinha deixado aquela menininha para que Megan cuidasse dela e a garota assim o faria. "Vocês devem cuidar uma da outra", Marina costumava dizer. "Precisam ser amigas, sempre."

Mesmo que Megami assumisse o controle, Megan daria um jeito de detê-la. Já fizera isso uma vez. Faria novamente.

E veja o que isso lhe custou.

Megan olhou ao redor, tensa, procurando a dona daquela voz. Sentindo o coração acelerado, praguejou baixinho. Sabia que era inútil; mesmo que fosse a voz de Megami, ela não estaria ali no quarto. Ela não era real ali.

Não era Megami, Megan tentou se convencer. *Era a sua própria voz.* Sua consciência. Elas eram bem diferentes uma da outra, não?

Megan escorregou para o chão, as costas encostadas ao estrado da cama, sentindo o latejar insistente que indicava o início de uma dor de cabeça. Estava ficando maluca. Nem seu pai, nem Daniel disseram isso, mas era a verdade: estava perdendo o juízo. De repente nada daquilo tinha acontecido no final das contas. De repente o médico descobriria na próxima segunda-feira que o cérebro de Megan se transformara em geleia de framboesa.

Não havia mais nada em sua cabeça. Nenhuma voz, nenhuma risada de deboche. Apenas silêncio.

Ela finalmente abriu o diário novamente, dessa vez em uma página qualquer. Seus olhos encontraram um texto escrito com a letra da mãe, porém ela estava mais corrida, urgente, quase um rabisco.

Preciso arrancar isso de mim. Preciso falar com alguém, mesmo que seja alguém invisível, que jamais vá me responder.

Prometi a mim mesma e a Renato que jamais colocaria novamente meus pés do outro lado. Aquele lugar é maldito, está me fazendo mal. Mas lá ainda é o único lugar em que me sinto viva e inteira novamente.

Apesar de não ser eu mesma do outro lado.

Não resisti. Atravessei a barreira novamente porque simplesmente precisava respirar. Precisava me livrar da dor. Sou tão egoísta que nem percebo e, quando me dei conta, não havia mais como voltar atrás.

Talvez eu não seja tão diferente desse lado.

Porque dessa vez algo horrível aconteceu. E foi minha culpa.

Megan fechou o diário depressa, como se tivesse levado um choque. Sentia o coração aos pulos e a cabeça latejando de dor. Teve vontade de chorar e gritar ao mesmo tempo.

Era por isso que ela sentia essa conexão com o diário, essa necessidade de guardá-lo, de mantê-lo. Era impossível, mas era verdade. Estava ali, marcado a tinta, irreversível.

Sua mãe também passara para o outro lado. O outro lado do espelho.

E agora Megan seguia o mesmo caminho.

Foi só nesse momento que ela ouviu: começou baixinho e foi aumentando até se tornar insuportável. Megan tapou os ouvidos com as mãos, tentando abafá-la, mas era inútil, ela estava muito perto, tão próxima... Dentro dela, dentro da sua cabeça, de onde jamais tinha saído.

Megami estava rindo novamente.

Capítulo doze – Do outro lado

Megan colocou o diário de volta na gaveta, debaixo de todas as suas roupas íntimas, o mais bem escondido que conseguiu. Olhou para a gaveta fechada, sabendo que ela guardava um segredo terrível.

Virou-se para Mina, ainda dormindo, inocente e alheia ao que estava acontecendo. Aquilo era um pesadelo, uma terrível maldição, e não poderia atingi-la, *jamais*. Tinha que terminar agora. Megan se certificaria disso, custe o que custasse.

Ela precisava arrumar um jeito de desfazer aquela conexão. Destruí-la.

Tarde demais, Megan.

Ela sentia Megami quase emergindo, mais forte do nunca, quase na superfície, suas unhas longas e afiadas arranhando seus pés.

Tinha que sair dali, não poderia continuar assim. Daniel estava certo, Megami estava muito perto e poderia destruir tudo o que ela amava a qualquer momento. Ela não podia arriscar; tinha que proteger Mina, seu pai e Daniel.

Porque dessa vez algo horrível aconteceu. E foi minha culpa.

Megan fechou os olhos com força, tentando apagar aquelas palavras de sua cabeça, mas era impossível. O que sua mãe teria feito? O que teria acontecido de tão terrível? Megan não conseguia entender, mas também não podia ler mais do diário para obter respostas, não naquele momento, não com Megami tão próxima que era possível sentir seu perfume no ar. Ela poderia puxar Megan a qualquer momento, assumir o controle, e aí seria o fim.

Precisava correr.

Mas para onde? Como fugir de sua própria cabeça? Não tinha pra onde ir, exceto...

Exceto para o lugar maldito que sua mãe tinha descrito no diário: o outro lado do espelho.

Uma coisa era certa: Megan não poderia continuar ali, não agora. Não poderia dormir ao lado da irmã sabendo que algo terrível estava dentro dela e tudo podia acontecer quando fechasse os olhos e desligasse suas defesas. Tinha que correr enquanto ainda estava no controle. E o único lugar onde poderia se esconder era exatamente aquele que mais temia.

Ela deixou o quarto, sentindo a adrenalina envenenar suas veias. O coração batia descompassado e ela sentia as pernas fracas, bambas, como se estivessem prestes a desistir. Sentia a comida voltando na garganta, um enjoo que já conhecia e que sabia ser um sinal da presença *dela*. A cabeça doía loucamente. Encostou-se às paredes para não cair, apoiando-se nelas como se fossem sua tábua de salvação.

Deu uma espiada na sala antes de se dirigir ao quarto. Seu pai estava dormindo enroscado no sofá, a televisão ainda ligada, o controle na mão direita, quase escorregando. Sentiu vontade de caminhar até ele, cobri-lo e protegê-lo, mas sabia que o prudente era se manter o mais longe possível. *Ela* era a ameaça. Daniel tinha razão de ter medo, de querer protegê-los dela. Ela não devia ter sido tão grossa com ele... Daniel só estava tentando ajudá-la, ajudar sua família.

Não deveria ter sido tão teimosa com o pai.

Pare de resistir, Megan. Você não tem chance.

As unhas de Megami se enterraram na pele de Megan, arranhando, ardendo, e a garota sabia que precisava fazer alguma coisa, *qualquer coisa*. Abriu a porta do quarto dos pais, rápida e silenciosamente. O lugar ainda estava cheio de caixas. Depois de toda aquela confusão que Megan aprontara no dia anterior – por culpa de Megami – o pai ainda não tivera tempo de tirar aquelas coisas dali.

Ela olhou para a o espelho pela primeira vez desde que retornara ao seu mundo. A imagem oscilou, como em uma televisão mal sintonizada. Ela viu a si mesma, assustada e cheia de olheiras, e então flashes da figura de Megami. Os cabelos claros, a expressão zombeteira.

– Vá embora – Megan disse, desejando que sua voz fosse de ordem, mas o que saiu foi um pedido sussurrado. – Essa não é a sua vida. Vá embora, Megami. A passagem está bem à sua frente. Vá.

Eu não quero ir embora, Megan, a imagem do espelho respondeu. *Eu quero a sua vida. Nós fizemos um trato, nós poderíamos ter sido aliadas, você poderia ter a minha vida, mas estragou tudo. Você não tinha que contar nada ao Daniel.*

– Eu não quero sua vida! – Megan cuspiu, enchendo o espelho de partículas de saliva. Megami fez uma cara de nojo. – Essa é a minha vida, *minha!* Você não pode tomá-la.

Eu disse a você para não me desafiar, Megan. Eu disse que você iria se arrepender. Você que não quis me ouvir.

– Você não pode ficar aqui. Esse não é o seu lugar.

Ele pode ser. Ele vai ser.

– O que você fez com a minha mãe?

Megami riu. Ela revirou os olhos, como se aquela conversa a cansasse.

Não fiz nada com aquela idiota. Ela mesma cavou sua sepultura. Aparentemente ela fez isso nessa e na outra vida.

– O que você quer dizer?

Eu estou dizendo que quero sua vida porque nela a nossa mãe não existe. Nem a minha, nem a sua.

– O quê?

Por mim você poderia muito bem ter ficado com a minha vida, Megan. Como eu disse, nós poderíamos ter sido aliadas. Mas você não quis. Então agora você vai ver.

Megan sentiu um arrepio subindo por sua espinha. Eram como dedos gelados e podres acariciando suas costas, sua nuca. Ela viu a imagem no espelho se transformar lentamente na imagem de Megami. As pernas fraquejaram, a respiração ficou difícil. Ela sufocava. Sentia a água penetrando em suas narinas, impedindo-a de respirar, e as garras de Megami arranhando seus braços, seu pescoço. Teve uma ideia desesperada, olhou ao redor procurando alguma coisa que pudesse usar, *qualquer coisa,* mas não conseguiu mover o braço e alcançar sua salvação.

Megami piscou para ela do espelho. E sorriu.

Então o vidro se transformou em água e Megan se afogou em suas profundezas.

*

Quando Megan abriu os olhos, a imagem de Megami no espelho lhe deu as boas-vindas com um sorriso maldoso. O mundo estava novamente ao contrário.

Ah, não... não, não, não, eu não posso estar de volta!

– Mas está, Megan. – Megami disse em voz alta, encarando-a com olhos frios. – E agora não vou dar mole para você. Estamos no *meu* mundo e aqui quem manda sou eu. Já passou da hora dessa brincadeira ficar interessante.

Megan sentiu as mãos geladas de Megami em seu pescoço,

empurrando-a para baixo. A água encheu seus pulmões, que arderam como se estivessem pegando fogo. Ela engasgou e tossiu, lutando e se debatendo, mas ali as mãos de Megami eram feitas de aço e a garota era muito mais forte. Era o seu território, afinal.

Megan não conseguiu mais resistir e finalmente parou de se debater, perdendo os sentidos, afundando.

*

– Para com isso, Meg. Que bobagem, eu não vou nessa festa ridícula.

– Ah, Dan, Danzinho... por favor, vai. Você tem que ir comigo.

Megan abriu os olhos devagar. As vozes lhe despertaram. Ela sentia como se tivesse dormido por horas. Estava exausta e prostrada. Sua cabeça rodava; era aquela estranha sensação de desorientação entre o dormir e o despertar, mas pelo menos não estava doendo. Quando finalmente tentou entender onde estava, lembrou horrorizada que novamente se encontrava naquele lugar escuro e frio, o canto da mente de Megami.

– E fazer o quê lá, Megami? – Era Daniel, Megan reconhecia sua voz. Ela tentou subir, mas as pernas pareciam frágeis e amolecidas como gelatina. Conseguia ver uma luz no alto, o que significava que ao menos estava próxima da superfície. Só precisava nadar mais um pouquinho, silenciosamente, para que Megami não desconfiasse de nada. – Não sou amigo de ninguém que vai estar lá. Não quero ser motivo de riso pra todo mundo.

– Eu sou sua amiga e vou estar lá – disse Megami. Sua voz era atraente e adocicada, quase frágil, e Megan teve certeza de que era puro fingimento. Ela era uma falsa, não gostava de verdade de Daniel, não merecia sua amizade. Megan teve vontade de emergir e fazê-la sofrer por isso, mas não podia fazer isso agora, não enquanto estava tão fraca. – Vamos, Dan... A festa é amanhã.

Daniel não respondeu; estava empurrando a bicicleta enquanto Megami o seguia. Já estavam saindo da escola. Ainda devia ser sexta-feira naquele mundo e Megan se percebeu que quando fazia a passagem pelo espelho a vida continuava exatamente do lugar de onde tinha parado. Era como se vivesse duas vezes o mesmo dia, só que ao contrário. O fato de Megami estar agora saindo da escola significava que Megan tinha apagado por várias horas, pelo menos desde a tarde do dia anterior. E sabe-se lá o que ela tinha feito durante todo esse tempo.

Ela não pode atingir meu mundo agora. Não desse lado, Megan pensou, tentando se convencer daquilo. Ela não poderia machucá-los, não aqui, não quando estava cercada pelos seus e não pelas pessoas do mundo de Megan.

Só que algo terrível tinha acontecido com sua mãe em uma dessas passagens. E Megan não sabia em qual dos lados.

Não, não podia desanimar agora, tinha que pensar em um plano. Megami podia ser mais forte ali, mas também tinha uma fraqueza: se Megan assumisse o controle, seria ela quem poderia estragar sua vida.

Mas Megan conseguiria fazer isso?

– Você só quer que eu vá porque desse jeito seus pais não vão implicar com você. – Daniel retrucou depois de algum tempo, claramente magoado. Ele se virou para Megami, os olhos estreitos, incisivos. – Diz que não! Vai, Megami, assume que tá sendo uma bunda mole.

Megami pareceu engasgar. Ela se encolheu como uma menininha assustada, pega no flagra pela mãe fazendo alguma coisa errada.

– Nossa, Daniel... O que você pensa de mim, afinal? – Megami retrucou, usando sua melhor voz de convencimento e dor. Se Megan não soubesse como ela era, poderia até ter acreditado.

Felizmente, Daniel não era nenhum estúpido.

– Eu não penso nada, Megami. Te conheço, só isso. E sei que tu não dá ponto sem nó.

Ela segurou o braço de Daniel. O garoto se virou, surpreso, as enormes sobrancelhas erguidas, mas Megan também ficou espantada ao perceber que as orelhas do amigo tinham ficado vermelhas.

– Eu gosto de você, Dan. Quero de verdade que você esteja lá comigo – Megami disse de um jeito tão dolorido que por um instante até Megan acreditou. Ela parecia realmente sincera. *Não, não,* era tudo fingimento. E o que afinal ela queria dizer com aquilo? Ela só estava manipulando Daniel. Megan teve vontade de pular nele e dar três tapas no seu rosto para ele acordar: ele simplesmente não podia acreditar naquela garota. – Sim, você tem razão, vai ser muito mais fácil sair em um sábado à noite se você for comigo. Eu sei e você sabe: meus pais confiam em você. Mas realmente quero estar com você.

Daniel parecia não saber o que dizer. Ele e Megami ficaram se encarando por um segundo longo demais, tempo suficiente para que Megan sentisse seu coração ser espremido por garras de ferro. Ela não podia fazer aquilo. Estava enganando-o, jogando com ele. Não importava em qual mundo estivessem, *Daniel era seu amigo, não dela.*

– Tá, eu vou. Mas só vou ficar um pouco, Meg. E se alguém tirar uma da minha cara, vou embora na hora, ok? Ah, e se você resolver que vai me largar de lado também.

Daniel disse tudo aquilo num atropelo, irritado, mas Megami sorriu largamente e fez algo que paralisou Megan mais do que qualquer coisa que ela pudesse ter feito: Megami pulou em Daniel, abraçando-o com força e em seguida deu um beijo estalado na sua bochecha.

Megan nunca se aproximara tanto assim de Daniel. Nunca. Era simplesmente... estranho. Eles eram amigos, mas... mas era esquisito abraçá-lo. Os dois ficariam terrivelmente constrangidos. Só de *pensar* no assunto Megan já ficava sem graça. Ela nem se lembrava da última vez que se abraçaram. Provavelmente no aniversário de um dos dois, e Daniel sempre ficava com as orelhas vermelhas quando isso acontecia. Beijá-lo no rosto daquela maneira... Megan nem conseguia imaginar.

Mas lá estavam os dois.

Uma Megami sorridente já tinha se separado dele e agradecia um monte de vezes, não parecia nem um pouco sem graça. Daniel, no entanto, estava congelado numa mesma posição, os olhos do tamanho de duas bolas de futebol, surpreso demais para falar alguma coisa.

Um estrondo tirou-o daquela paralisia. Daniel tinha deixado a bicicleta cair. Ele tomou um susto e finalmente acordou do seu devaneio, abaixando-se para levantar a bike. Megami abafou risadinhas. Megan a odiou ainda mais.

– Você vai ver, Dan! Você não vai se arrepender, prometo!

Megan tinha certeza que ela estava armando alguma coisa. Uma revanche. *Para ela.* Só não conseguia imaginar o quê.

*

– Onde você vai, Megami?

– Já falei, numa festa.

– Você não pode simplesmente sair desse jeito. Você ainda mora debaixo desse teto, Megami, e vai ter que respeitar a mim e a seu pai.

– Ah, é mesmo? – perguntou Megami com sarcasmo, cruzando os braços. – E onde está ele agora, posso saber?

A mãe engasgou e corou. De repente, ela não sabia mais o que dizer. Parecia tão desorientada que Megan teve pena dela, mesmo que soubesse que aquela não era *sua* mãe, mas sim a mãe de Megami. Mas elas tinham o mesmo rosto, quem sabe o que mais poderiam ter em comum?

Aquela garota estúpida tinha sorte de ter uma mãe. Não devia tratá-la assim, não importava o que tivesse acontecido entre elas. Megan ficava imaginando como seria sua vida se Marina não tivesse morrido em seu mundo. Não podia ser daquele jeito. Seria diferente, ela tinha certeza.

Seria?

Megami trocou o apoio do pé, colocando uma expressão de desprezo e tédio no rosto. Ainda estava de braços cruzados e encarava a mãe com impaciência. Vestia botas de cano alto, que ficava batendo no chão repetidamente, e uma saia preta e rodada, curta demais, que deixava Megan extremamente incomodada. Sentia-se nua, mesmo não estando na superfície, mesmo não sendo seu corpo.

– Isso não importa – disse a mãe depois de uma longa pausa; sua voz estava rouca e cansada, e ela parecia um pássaro ferido. Havia dor em seus olhos fundos. – *Eu* estou aqui, Megami. É o suficiente.

Aquelas palavras pareceram surtir algum efeito em Megami, pois ela descruzou os braços e de repente se sentou na ponta do sofá, alisando o tecido da saia.

– Não é o suficiente pra gente, mãe – disse, e Megan se surpreendeu ao perceber que também a voz da garota parecia quebrada e guardava um resquício de dor. – Nem pra mim, nem pra Mina.

– Mina não está reclamando, não traz problemas como você – a mãe acusou. As palavras causaram um efeito diverso em Megami, um efeito que Megan conhecia muito bem e que se assentava muito melhor nela: raiva.

– É porque Mina é uma garotinha de sete anos de idade e vocês a enchem de presentes, doces e atividades idiotas pra enganá-la. Aí ela não tem tempo de sentir a falta do pai ou a fraqueza da mãe. Vocês estão estragando a minha irmã. Ela tá se tornando uma garotinha mimada e insuportável.

– Você não tem direito de questionar a minha forma de educar minha própria filha! Não admito...

– Você faz o que quiser, eu já desisti de todos vocês – Megami a interrompeu, levantando-se novamente, dando de ombros. – Não sei se você ainda não percebeu, mãe, mas tenho uma notícia para você: estou pouco me lixando pra essa família, se é que se pode chamar *isso* de família. Vou é cuidar da minha vida, se quer saber. E já sei muito bem como.

E sim, estou pensando em você mesma, Megan. Não pense que não sei que está aí escutando tudo.

Megan sentiu um arrepio na espinha. Ela sabia, sempre soube.

Megami sorriu. Antes que sua mãe conseguisse dizer alguma coisa, o interfone tocou e a garota correu para atender.

– Oi, aqui é o Dursley – disse a voz do outro lado que Megan reconheceu ser de Daniel. Ela sorriu por dentro com a piada, mas Megami não pareceu entendê-la.

– Hein?

– Sou eu, Daniel, seu trouxa de plantão. Quem mais? Tá pronta ou quer que eu suba?

Megami tirou o fone da orelha e tapou o bocal. Em seguida, olhou para a mãe de maneira displicente.

– É o Daniel, mãe. Viu só, eu não vou sozinha, não precisava encher meu saco. – E antes que a mãe dissesse algo, a garota completou – E não, ele não vai subir, não dá tempo – ela voltou a falar no gancho. – Tô descendo, Dan.

– Espera, Megami...

– Já fui, mãe. Até mais tarde – Megami pegou sua bolsa, abriu a porta e chamou o elevador. A mãe ficou parada na porta, apenas olhando-a. Megan não conseguia entender como ela não fazia nada, como podia ficar ali, só parada.

– Você não entende nada de coragem ou de fraqueza, Megami, pra dizer essas coisas para mim. Você não sabe...

– O que sei é o que o eu vi, mãe. O que sei é que você prefere me chamar de mentirosa a admitir a verdade. Pode não ser muita coisa, mas é isso que sei.

A porta do elevador se abriu e Megami entrou sem se despedir.

O elevador era todo espelhado. Megami apertou o botão do térreo e se encostou a uma das paredes. Mesmo que encarasse a porta, era impossível não olhar para algumas das imagens refletidas nos espelhos. E o que ela viu foi o rosto de Megan a encarando, acusador.

Como você pode tratá-la assim?

Megami riu, mas não era uma risada feliz.

– Você ainda sente pena dela, não é? Então leva pra casa, meu bem – retrucou em voz alta. – Eu já disse, Megan, nós podemos... não... Nós *vamos* trocar de vida. Pare de dificultar as coisas. Olha só tudo o que você pode ter. Uma mãe, *viva*. Não garanto que ela seja uma pessoa forte ou feliz, mas, bem, você não parece se importar com isso.

Ela não é feliz porque você não a deixa em paz.

– Ela não é feliz porque é covarde.

Megami se colocou de frente para o espelho, de costas para a porta. Ela viu Megan, com seus cabelos coloridos, curtos e descuidados, sua camiseta um pouco larga para esconder os quilos a mais, seus pés descalços. E Megan viu Megami: com suas botas compridas, suas pernas delineadas, seu corpo esguio e atraente, seus cabelos loiros, compridos e hidratados. A garota sorriu para Megan, quase piedosamente.

– Megan... Não é só sua mãe que você pode ter aqui. Olha pra mim e olha pra você! Você é patética.

A imagem de Megan no espelho avançou, os olhos injetados de ódio e frustração, mas o espelho as separava. Ela bateu e socou o vidro, mas havia aquela parede invisível, quase sobrenatural, porém incrivelmente sólida que as separava. Estavam cada uma de um lado, em mundos completamente opostos. Como lutar contra alguém que não se pode tocar?

Megami sorriu. Ela deu dois passos e chegou tão perto do espelho que seu hálito embaçou o vidro. Os rostos das duas estavam perigosamente próximos, quase colados. Megan continuava socando o vidro inutilmente, cega pela raiva.

– Você vai ver, Megan. – Megami sussurrou, provocante. – No final dessa viagem, você vai me implorar pra ficar desse lado do espelho.

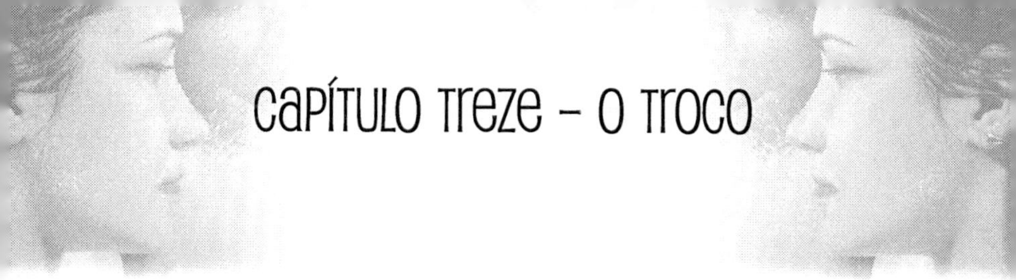

Capítulo treze – O troco

Daniel a estava esperando no hall de entrada do prédio, sentado em um dos sofás, jogando alguma coisa no celular. Usava jeans e uma camisa social xadrez azul clara, de mangas curtas, sobre uma camiseta branca. Os cabelos estavam cuidadosamente espetados com gel. Megan não conseguiu controlar o pensamento: ele parecia atraente, talvez mais bonito.

Megami não reprimiu uma risadinha quase condescendente que Megan sabia ser para ela.

O garoto não percebeu Megami até que ela se colocasse à frente dele, com as mãos na cintura e dissesse:

– E aí, não vai dizer nada?

Ele ergueu os olhos, distraído, mas logo eles se arregalaram. Megan quis dar um soco em Daniel para acordá-lo; garotos são tão estúpidos às vezes. No fundo são todos iguais. Só porque Megami estava arrumada ele já estava lá, de boca aberta, quase babando.

– O seu celular tá quase caindo no chão – zombou Megami, rindo e cruzando os braços. Daniel segurou o aparelho bem a tempo. – Tonto.

– Ah, que ótimo, agora ela vai ficar tirando com a minha cara até o próximo século – disse Daniel em tom de brincadeira, mas a ponta de suas orelhas estava novamente avermelhada e ele evitava olhar para Megami. – E onde raios é essa festa?

– Ah, é no morro da Nova Cintra.

Daniel arregalou os olhos.

– Aquele morro onde só tem playboy? E tu só me diz isso agora?

Megami deu de ombros.

– Você só perguntou agora.

– Você faz ideia de qual ônibus a gente vai ter que pegar pra ir até lá? É longe pacas, Meg! É um saco ir lá, um saco!

Megami deu de ombros, sorrindo, e pegou o celular na bolsa.

– A gente não vai de ônibus, Daniel – ela disse com simplicidade, quase piedade. – Vamos de táxi.

Daniel gargalhou.

– Com que dinheiro? Foi mal, mas tudo o que eu tenho são vinte reais no bolso e isso com certeza não dá para um táxi até lá.

Megami revirou os olhos e mostrou para ele três notas de cinquenta. Daniel arregalou os olhos.

– Tu roubou um caixa eletrônico?

– Para de ser besta, é meu dinheiro, oras.

– Onde tu arrumou isso, Megami? – Daniel parecia mais sério agora.

Megami bufou, irritada, e olhou para o teto, teatralmente entediada.

– Tá bom, peguei do meu pai. Ele guarda na gaveta de cuecas.

O quê?!

– O quê?!

– Daniel, não começa.

– Eu não vou andar de táxi com o dinheiro do seu pai, Megami. Dinheiro que ele nem sabe que te deu.

– Ele me *deve* isso, Daniel, por ser um completo babaca e nunca estar presente. Você sabe onde ele tá agora? Pois é, nem eu. Quer dizer... eu imagino.

Megan estava estupefata; de tudo, não esperava que Megami fizesse isso também. Do que mais ela seria capaz? Daniel, por sua vez, ficou parado por alguns segundos, surpreso como se tivesse acabado de levar um soco na cara. Porém, assim que se recuperou, ele disse:

– Sei que você tá furiosa, Meg. Sério, eu entendo. E... você tem razão em muita coisa, sei disso também.

– Então por que você não para de reclamar e vamos chamar logo essa droga de táxi?

– Porque isso não tá certo, Meg.

– Daniel...

– Não é certo roubar o dinheiro do seu pai, por mais que ele seja um babaca. E não é certo você tratar sua mãe do jeito que eu sei que faz. Ou tu pensa que não escutei a discussão pelo interfone?

Megami cruzou os braços, mas não do jeito debochado que costumava fazer. Era quase como se estivesse tentando se proteger, encolhendo-se. Daniel se aproximou e colocou as duas mãos em seus ombros, delicadamente, e sorriu. Megan sentiu algo borbulhando no estômago e teve vontade de emergir, de sentir aquele toque, de estar na pele de Megami.

Ela olhou para cima, para o ponto de luz que se tornava maior e mais claro na escuridão daquelas águas gélidas. Talvez tivesse uma chance. Megami estava frágil. Talvez... se tentasse.

– Vamos, vamos, Meg. Guarde isso e vamos pegar um ônibus. A gente vai conversando no caminho, nem vamos perceber.

– Não quero chegar lá de ônibus – Megami respondeu como uma menina mimada. – Todo mundo vai rir da gente.

– Não vão – disse Daniel. – A gente não vai descer do ônibus na porta, bobona. Vamos chegar a pé, como se estivéssemos de carro, ok? Além do mais, se eles riem de você significa que não merecem sua amizade.

Um silêncio pairou entre os dois. Megami ainda estava encolhida, os braços sobre o colo, cruzados, e Daniel alisava seus ombros nus com carinho.

– A gente ainda pode desistir. Podemos ir naquela casinha de *temaki* no canal três ou no mexicano do Gonzaga que você curte. Podemos ir nos quiosques da praia tomar um sorvete, eu pago. Hein?

Ele parecia esperançoso. Megan nadou o mais forte que conseguiu, enxergando lá no alto a luz se tornar maior, mais brilhante. Se ela conseguisse alcançá-la... Sentia algo engraçado na barriga, pensando na infinidade de coisas que poderia fazer, as risadas que trocaria com Daniel naquela noite. Já podia ver os pés de Megami, flutuando próximos à superfície.

– Não – disse Megami, resoluta. E enquanto Daniel murchava, Megan sentiu o chute forte de Megami em seu estômago e perdeu o ar. Tentou lutar, puxar seu pé, arranhá-lo, mas a garota era mesmo mais forte ali, e Megan afundou novamente. – A gente pega um ônibus então. Mas se ficar muito tarde, a gente racha um táxi.

– Meg...

– É isso, Daniel. Vamos logo ou a gente vai se atrasar.

*

Por mais que Daniel tenha puxado o assunto, Megami não quis mais conversar sobre seus pais. Ela sabia que Megan estava ali, escutando, e por isso cortou todas as tentativas do garoto de falar sobre o que fosse que tivesse acontecido. Parecia ter sido algo horrível, que colocara a vida de Megami de pernas para o ar. Era por isso que ela queria ir embora, era por isso que queria viver no mundo de Megan. E ela não queria que Megan soubesse o porquê. Era algo que a deixava frágil e, por isso, ela guardava aquela história em um canto escuro de sua mente, onde Megan não tinha acesso.

Por isso mesmo Megan precisava descobrir o que era, para se tornar mais forte daquele lado.

Você não é tão forte quanto pensa, Megami. Você tem um ponto fraco também. E eu vou descobrir qual é.

Megami não respondeu, mas se remexeu incomodada no banco do ônibus, encostando a testa no vidro da janela. A noite estava fresca e escura, bastante movimentada, e já havia algumas tímidas decorações de Natal nas ruas. As luzes eram refletidas no rosto sombrio da garota.

– Data estúpida – Megami murmurou em dado momento e Megan percebeu que ao menos isso elas compartilhavam: as duas detestavam o Natal.

– Não sei por que você não gosta do Natal – retrucou Daniel. É claro, Megami não tinha o mesmo motivo que Megan. Provavelmente era um motivo fútil, Megan pensou.

– Natal é idiota. Só serve pra fingirmos uma felicidade que não se sente, uma união e um amor que jamais existiram.

– Você é amarga, Meg.

Megami olhou para Daniel, que estava distraído, jogando de novo no celular, mas acabou não respondendo a ele. Megan não sabia dizer se ela estava magoada ou se sequer seria capaz de sentir algo como isso. Mas o fato foi que Megami ficou ainda mais silenciosa após a constatação de Daniel.

O ônibus que o garoto escolhera tinha mesmo um trajeto incrivelmente longo, mas ele dissera que era o único que os levaria até o lugar – e ficou reclamando o tempo todo de Megami por querer ir àquela festa idiota em um lugar tão difícil. E também sobre a incapacidade daquelas pessoas de fazerem uma festa mais perto.

– Você mesmo diz que "perto" é um conceito relativo. Nós moramos longe deles, se você parar para pensar – lembrou Megami quando eles finalmente levantaram e Daniel puxou a cordinha.

– Nesse caso, estou usando a escola como referência. E esse sujeito mora muito longe dela.

– Os pais dele provavelmente têm carro – retrucou Megami, torcendo o nariz quando o ônibus parou no ponto e eles desceram. – E o levam nos lugares.

O ponto ficava ao lado de um boteco, e alguns caras, já um tanto mamados, observaram Megami com olhos famintos. Daniel pôs o braço ao redor dos ombros da garota e forçou a caminhada dos dois a passos rápidos e ansiosos.

– Não acredito nisso, esses caras não têm noção. Ficar encarando uma garota menor de idade! O mundo tá perdido mesmo.

– Eu falei pra gente vir de táxi, você que insistiu pra vir de cacareco público.

– Desde quando você não pega mais ônibus, senhorita riquinha?

– Eu pego ônibus, mas não queria pegar *hoje*.

Daniel olhou para trás, desconfiado, e suspirou com alívio quando o bar já estava distante. Ele fez menção de tirar o braço dos ombros de Megami, mas ela o segurou.

– Pro caso de aparecerem outros – ela disse, envolvendo a cintura dele. – Sabe como é, os caras não mexem com uma garota quando acham que ela está acompanhada.

As orelhas de Daniel ficaram vermelhas e suas enormes sobrancelhas se ergueram. Ele pareceu engasgar, mas não disse nada, nem tentou tirar o braço novamente.

O sangue de Megan ferveu. Ela só estava jogando. Era tudo parte de um jogo para Megami. E isso ficou muito claro ao dobrarem uma nova esquina; ela tirou o braço de Daniel de cima de seus ombros displicentemente e sem nenhum aviso.

– É aqui – ela disse, apontando para uma casa enorme, com um muro tão alto que era impossível enxergar o que havia do outro lado.

Daniel ergueu a cabeça, tentando enxergar, e assoviou.

– Supermodesto esse *Paulinho*.

– Daniel, seja educado. O cara não tem culpa de ser rico.

– Claro que não. Só tem culpa por ser um babaca e de ter um apelido ridículo – Daniel olhou para Megami e deu de ombros. – Que foi? Eu não disse nenhuma mentira! "Danielzinho" só minha mãe pode e olhe lá também, não na frente dos outros!

Megami suspirou e tocou a campainha. Mesmo dali da rua conseguiam ouvir o barulho da música alta e do falatório lá dentro. Ninguém abriu a porta. Megami e Daniel se entreolharam, confusos.

– Isso significa que a gente já pode ir embora? – ele perguntou com um sorriso cheio de dentes e esperança.

Megami apenas revirou os olhos e empurrou o portão de madeira. Estava aberto. Do outro lado havia um quintal ridiculamente grande, com um jardim e duas picapes enormes estacionados na garagem. Megami e Daniel caminharam até a casa, que era duas vezes mais larga que o prédio de Megami e tinha dois andares. A música foi se tornando cada vez mais alta conforme caminhavam. Justin Timberlake ecoava nas paredes.

Entraram em uma sala enorme, toda decorada com móveis de madeira escura. Havia um bar em um canto da sala, que com certeza não estava servindo só refrigerante.

– MEG! – Alguém gritou e se jogou na garota em um abraço exagerado. Daniel recuou alguns passos, estreitando os olhos, enojado. Era Stefanie, que, na opinião de Megan, parecia uma Barbie extravagante com toda aquela maquiagem e o vestido vermelho cheio de lantejoulas. – O que *ele* tá fazendo aqui? – A garota perguntou sussurrando no ouvido de Megami com um hálito forte e enjoativo de bebida.

– Minha mãe encheu meu saco – Megami disse entre dentes no ouvido de Stefanie, enquanto a abraçava. – Não cria caso.

– Ok, ok – ela disse, soltando Megami com um olhar um tanto crítico. Olhou para Daniel com desdém e, como se ele não passasse de um mosquitinho incômodo, voltou-se novamente para a amiga. – Vamos pra piscina, tá todo mundo lá fora dançando!

E sem perguntar mais nada, puxou Megami pela mão, passando pelo bar e apanhando um copo plástico que enfiou na mão da garota. Megami olhou para trás, mas não encontrou Daniel e nem fez menção de procurá-lo. Pelo contrário, continuou seguindo Stefanie, bebericando o que havia no copo, que com certeza não era só Coca-Cola.

– Olha lá ele... – suspirou Stefanie, apontando para Paulinho. Era um moreno de pele escura, musculoso, e no momento estava só de sunga e camiseta, com os cabelos molhados caindo sobre os ombros; caminhava até o *buffet* de churrasco, observado por várias garotas. Havia alguns garotos na piscina, jogando polo aquático, cercados por umas meninas que torciam e os incentivavam. Uma pista de dança fora improvisada no jardim dos fundos.

– Você já falou com ele? – perguntou Megami, observando a festa como se estivesse procurando alguma coisa ou alguém. Seus olhos bateram em Daniel, que estava encostado displicentemente a um muro, com um espetinho de carne na mão e um copo na outra. Megami sorriu para ele. Não era um sorriso normal. Tinha algo de perigoso.

O que você tá fazendo?, Megan perguntou, ainda tentando emergir, mas sentia o peso daquela água negra cada vez mais forte em seus braços, puxando-os para o fundo, prendendo-os. Megami estava jogando. Jogava com Daniel pra se vingar dela.

– Ai, não, Meg... – Stefanie disse apavorada. – E se ele me der um fora?

Quando Megami olhou para a garota, Megan teve certeza que a rival pensava o mesmo que ela: Stefanie era patética.

Foi então que Megami fez algo que deixou Stefanie atordoada e Megan também: puxou para cima a barra do vestido colado da outra garota, mostrando um pedaço da sua coxa e depois soltou-o com um estalido. Stefanie soltou um gemido de susto e dor. Megami sorriu ao ver a expressão espantada da outra.

– Ele não vai te dispensar se você souber o que fazer. E não me diga que não sabe.

– Meg! Você sabe que eu nunca...

– Sempre existe uma primeira vez, não?

– Meg! Você já...?

Megami bateu o copo no de Stefanie, sorrindo e brindando, bebendo em seguida. Era doce e amargo ao mesmo tempo, e descia arranhando a garganta. Megan jamais bebera algo, mas sentiu o mesmo gosto que a garota. Olhou para o alto e viu a luz se alargar e os pés de Megami, que se movimentavam o tempo todo para se manter na superfície, lentamente enfraquecerem. A bebida a entorpecia. As águas se tornavam menos turvas e nadar era mais fácil. Megan só precisava esperar o momento certo para subir.

– Vai! – Disse Megami, empurrando Stefanie pelas costas com uma das mãos. – Crie sua chance, garota!

Dando risadinhas e tropeçando nos próprios pés, Stefanie caminhou na direção de Paulinho. Megami a observou por alguns segundos, mas logo desviou a atenção novamente para Daniel, que estava no mesmo lugar, mas agora apenas segurava o copo. Ele a encarava fixamente, pensativo. Um sorriso perverso se desenhou nos lábios de Megami e ela tomou outro gole da bebida, caminhando na direção do garoto logo em seguida.

Daniel ficou parado onde estava, sem tirar os olhos dela.

Você vai se arrepender disso.

Megan tentou nadar com o máximo de energia que conseguia reunir. Megami planejava algo, ela sabia disso desde que deixaram o outro mundo. E ela iria machucar outras pessoas além de Megan no processo.

O que você vai fazer?, perguntou novamente, desesperada. Megami não respondeu, apenas sorriu, enigmática. *Responda! O que você vai fazer?!*

– Vou fazer algo que você gostaria de fazer, mas é fraca demais para isso, Megan – Megami sussurrou.

Daniel não disse nada quando a garota se aproximou. Megami diminuiu o espaço entre os dois de maneira constrangedora.

– Estava olhando você de lá.

– Ah, é? – debochou Daniel. – Vi que sua amigona não gostou muito de me ver.

– Não ligue pra ela – Megami piscou, afastando o assunto como se fosse uma mosca. – Foi mal ter que te deixar sozinho.

Daniel espiou dentro do copo de Megami e torceu o nariz.

– Tu não devia tá bebendo, Meg...

– Ai, Dan, para de ser careta! – Megami mostrou a língua, dando mais um gole. Megan já podia ver os pés dela muito próximos; ela agitou os braços, subindo cada vez mais. – Além disso, você sempre pode me carregar pra casa, né?

– Megami, o que você tá fazendo? – Daniel perguntou desconfiado.

A garota pegou o copo do garoto e pousou as duas bebidas em uma mesa próxima, puxando-o em seguida pelas duas mãos.

– Tô convidando você pra dançar.

– Ah, para, Meg, não gosto disso. Fica todo mundo me olhando como se eu fosse um *alien*.

Megami sorriu daquele jeito perigoso.

– E desde quando você se importa com o que os outros pensam?

– Por que você tá fazendo isso? – Daniel perguntou, enquanto a garota o arrastava pelo braço, rindo e quase correndo. – Achei que quisesse impressionar seus novos amigos...

Megami o olhou por cima do ombro e mordeu os lábios.

– Você nem imagina o que eu quero, Daniel.

*

Algumas pessoas realmente olharam para os dois quando chegaram à pista. A música tocava alta e, mesmo ali no jardim, o ar cheirava a perfume e suor. Havia também um aroma amargo de álcool. Daniel reconheceu várias pessoas da escola, a maioria do segundo e do terceiro ano. Ele tentava se mexer, mas se sentia um estúpido boneco de posto; o mais perto que chegava de dançar era no Just Dance do seu Wii, quando ninguém estava olhando. Ele nem tinha chamado Megami para jogar. Primeiro porque ela andava alheia demais e fissurada em seus outros amigos, mais descolados que seu amigo *nerd* de infância. Mas o verdadeiro motivo era que morria de medo que ela risse dele.

Por isso aquela dança era uma tortura.

Mas Megami não parecia se importar com isso. Na verdade, ela não parecia se importar com nada. Mexia os braços e os longos cabelos de um lado para outro, rindo e cantando a letra da música, alheia a qualquer outro olhar que não fosse o dele. Parecia estar realmente se divertindo. Daniel não conseguia entender. Aquilo não podia estar acontecendo, mas estava.

Ele só ficava pensando que não poderia ser verdade. Ele só podia estar ficando maluco, enxergando coisas onde não existiam. Devia ter algo a mais nisso, porque Megami jamais demonstrara nada. Nunca. Eles sempre foram amigos. Só amigos. Nunca aconteceria nada.

No entanto, lá estava ela, sorrindo para Daniel e puxando-o novamente pela mão. Seus lábios molhados encostaram perigosamente em seu ouvido esquerdo e sussurraram palavras quase incompreensíveis em um hálito quente.

– O quê? – Daniel perguntou. A música estava alta demais.

– Vamos! – ela o puxou pela mão.

Ele a seguiu, porque não tinha escolha, mas também porque era o que queria. Seu coração batia depressa e ele se sentia um pouco zonzo, apesar de só ter bebido refrigerante. Corria para acompanhar o passo rápido de Megami, vislumbrando seu sorriso selvagem, suas bochechas rosadas e o cabelo esvoaçante. Ela o conduziu para dentro de casa e subiu as escadas, mesmo após os protestos de Daniel. Ela nunca o escutava.

– Nós não deveríamos...?

– Shhh! – ela disse, colocando um dedo sobre os lábios úmidos e depois encostando-o de leve nos lábios de Daniel. – Não diz nada.

Eles entraram em um quarto vazio e Megami encostou a porta. Era um lugar enorme, com uma suíte anexa. Havia um edredom vermelho sobre a cama de casal e móveis escuros como os da sala.

– Meg, esse aqui deve ser o quarto dos *pais* do tal do Paulinho! – Daniel disse apavorado.

A garota deu de ombros. Estava encostada à porta, com as mãos nas costas, sorrindo daquele jeito estranho e misterioso que vinha usando desde que se encontraram naquela noite.

– A emoção deixa tudo mais divertido.

– Você é doida.

– E você precisa se soltar, Dan – ela retrucou, aproximando-se devagar. Daniel observou seu caminhar, as pernas grossas e a pele muito clara destoando do preto das botas compridas. Ela usava uma saia curta demais, e Daniel não conseguia parar de olhar para lá. Sentia as orelhas quentes e algo grande emperrado na garganta que dificultava sua respiração. Alguma coisa gelada se revirou em seu estômago, mas era uma sensação estranhamente boa. Megami estava suada e sua pele brilhava contra a pouca luz que se esgueirava pela janela. Daniel observou o decote da sua blusa e imediatamente se sentiu horrível por isso. *Ela é sua amiga, droga. Sua amiga desde quando eram crianças.*

Megami parecia que tinha lido seus pensamentos, pois sorriu e sussurrou bem perto do seu ouvido:

– A gente não é mais criança, Daniel.

Ele não respondeu, estava apavorado demais. Não era tão inocente a ponto de nunca ter imaginado algo assim, mas sabia que era louco demais. *Aquela era Meg*. Sua amiga. Era aterrorizante, mas ao mesmo tempo muito incrível para fazer sentido. Ela se aproximou devagar e ele conseguiu ver o brilho em seus lábios abertos, sentiu sua respiração.

E se depois tudo mudasse? E se acabasse? E se eles não fossem mais amigos depois daquilo?

E se fosse tudo um jogo?

E se...?

Megami fechou os olhos, estava perto demais. Ela tinha uma marquinha bem pequena no canto dos lábios que Daniel nunca se dera conta. Aquilo não estava acontecendo. Talvez ele despertasse e percebesse que fora um sonho muito real. Conseguia ouvir o próprio coração bater. Será que era só o seu? Ou era o dela também?

Ele só fechou os olhos quando sentiu os lábios da garota encostarem nos seus.

Eram molhados. Suaves. Pequenos. Tinham um gosto meio amargo, mas ainda doce. Ele sentiu como se cacos de vidro explodissem ao seu redor. Alguma coisa estava se quebrando, ele podia sentir. Só não sabia o quê.

Suas mãos agiram sozinhas. A ponta dos seus dedos tocou a pele suada e macia. Eles se fecharam em torno dos braços finos da garota e Daniel sentiu um puxão na barriga, como quando o carrinho da montanha russa despenca lá do alto. Ele a puxou para si e seus corpos se colaram assim como os lábios. E então uma de suas mãos se fechou em torno do cabelo macio, tão macio de Megami, até que...

*

Os dois se separaram bruscamente.

Megan olhava para Daniel, sentindo o coração bater enlouquecido, como se tentasse pular do peito. Mal conseguia respirar. Ele a encarava de volta, atordoado, ainda com um leve sorriso nos lábios que ela acabara de tocar.

Não, não foi ela. Foi Megami.

Megami, que agora estava ali, muito próxima, nadando ao seu lado, rindo de se acabar. Megami que fizera aquela loucura. Megami que estava jogando com os dois.

Ela lhe dera o troco.

Permitira que Megan subisse só para que a dor daquele ato a invadisse e preenchesse todo seu vazio. Só para que ela sentisse a confusão que embaçava seus sentidos e ardia em seu peito. Ela não beijara Daniel, Megami o fez. E fora ardilosa e cruel o bastante para deixá-la ficar com as migalhas, com o final amargo de algo que não lhe pertencia.

Porque aquele não era seu mundo.

E Daniel não era seu.

Megan recuou vários passos, sentindo lágrimas no canto dos olhos e um medo maior que a razão, maior que tudo. Daniel apenas a olhava de volta, chocado demais para entender, atônito demais para dizer alguma coisa. Será que ele entendia? Será que sabia que não estava olhando para a mesma garota que beijara segundos antes?

É claro que ele não sabe, Megan. E nem precisa saber. Eu fiz o que você queria há muito tempo, mas não tinha coragem nem de admitir para si mesma.

– Meg... – Daniel sussurrou, estendendo uma mão para tocá-la. – Megami...

Não. Não aquele nome. Não, ela não era Megami... Não era. Aquela não era sua vida, ela era outra pessoa. *Outra.*

Megan recuou e, sentindo que seria impossível segurar as lágrimas, abriu a porta e deixou o quarto sem olhar para trás, enquanto as gargalhadas de Megami ecoavam em sua cabeça.

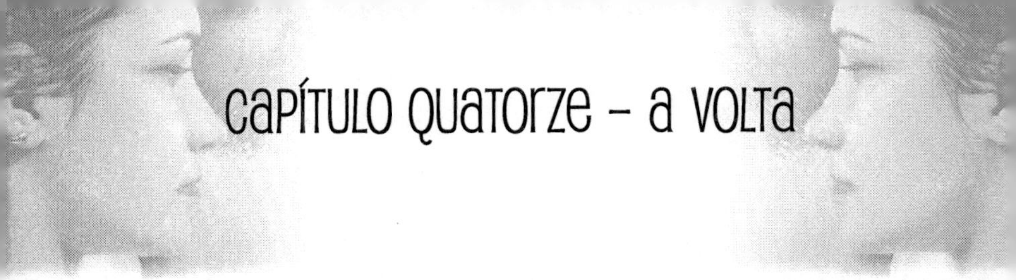

Capítulo quatorze – a volta

Megan encostou a cabeça no vidro gelado do carro, observando as ruas escuras e o trânsito da noite sem realmente enxergá-lo. Chamara um táxi no final. Depois de tudo, ela correu daquele quarto e de Daniel... Correu como uma garota estúpida e assustada, surda pela risada dolorosa de Megami.

Daniel a seguira. Megan já estava fora da casa, esperando o táxi, quando ele se aproximou. Ela mal conseguia olhar em seus olhos. Talvez jamais conseguisse encará-lo novamente.

As palavras de Daniel, sua voz, tudo ainda ecoavam no cérebro confuso de Megan.

– Você não pode simplesmente ir embora assim, Meg – ele disse às suas costas. Megan se encolheu, cruzando com força os braços sobre o peito. – Fala comigo...

Ela estava paralisada. Queria falar, queria dizer alguma coisa, *qualquer coisa*, mas a língua parecia grudada no céu da boca e a voz parecia morta na garganta. O que poderia dizer? *Ei, olha só, você beijou a garota errada. Não fui eu quem te beijou. Foi ela. Eu sou outra pessoa. Eu não pertenço a esse lugar.*

Foi ela. Maldita Megami. Aquela garota maligna.

Ao ouvir isso nos pensamentos barulhentos de Megan, a outra riu ainda mais alto.

– Você não pode ir embora sozinha, Megami. Nós viemos juntos, não vou deixá-la ir assim...

Aquele nome de novo. Megan fechou os olhos com tanta força que doía.

Ela ouviu um estrondo quando Daniel chutou alguma coisa. Olhou para trás. Era um vaso enorme. Ele xingou alto. Devia ter doído à beça.

Ele aproveitou que chamou a atenção de Megan e olhou diretamente em seus olhos. A garota sentiu o corpo inteiro congelar. Daniel estava vermelho, mas de raiva.

– Que droga, Meg, foi você que começou com tudo isso!

Era verdade, mas era mentira também. Megan não queria aquilo. Ela queria a amizade que tinham, que provavelmente agora estava arruinada. E tudo culpa de Megami.

Sua mentirosa. Dá pra parar de mentir para si mesma? Era o que você queria desde sempre.

– Desculpe – Megan sussurrou, e era um pedido sincero. Ela não queria estar ali. Preferia estar em qualquer outro lugar. E não era só ali, naquela rua escura e silenciosa, mas o fato de que não queria estar *ali, naquele mundo*. Era tudo tão errado. Aquela vida estava de pernas para o ar e ela não sabia como e nem queria consertá-la. *Porque não era a sua vida.*

Daniel ergueu os braços e depois os deixou cair, frustrado.

– Você sempre faz isso, não é? – Ele acusou, os olhos brilhantes de mágoa. – Fica brincando comigo e depois pede desculpas. Ah, Megami, quer saber, vá à merda!

Foi a vez de Daniel dar as costas a ela. Megan sentiu o estômago afundar. *Ele não disse isso pra mim, foi pra ela.* Mas não adiantava repetir esse pensamento, pois era ela quem estava *vivendo* aquilo. Megami causou tudo, mas era Megan quem suportava as consequências de seu ato.

Essa era a vingança de Megami.

Você é uma idiota, Megan. Como sempre, não enxerga as coisas. Abra os olhos, garota. Isso é uma oportunidade. Isso pode ser seu. Só não estrague tudo, pelo amor de Deus, sua estúpida.

Hein? O que ela estava dizendo? Megan encarou as costas de Daniel.

É isso que você quer. Eu já dei o primeiro passo, mas não vou levá-la pela mão. Essa pode ser sua vida.

Mas era isso que Megan queria? Ela gostava de Daniel, claro. Ele era seu melhor amigo, a pessoa que sempre esteve ao seu lado, alguém tão importante na sua vida quanto seu pai e sua irmã. Ela jamais poderia perdê-lo. Ela nem conseguia imaginar isso. Mas...

Seria possível que ela quisesse algo mais que sua amizade?

Ou Megami estava forçando uma situação? *Enganando-a?*

Megan fechou os olhos, procurando algum alento no escuro da sua cabeça. O problema era que sua mente não era mais o lugar seguro que costumava ser.

Pare de ser idiota. Fale com ele.

Quando Megan se virou para Daniel, um carro dobrou a esquina. Ele se virou para olhá-lo e praticamente cuspiu:

– É o seu táxi, Megami.

– Você... Você não vem comigo? – Ela reuniu toda sua coragem para perguntar. Parecia que havia pedras de gelo em sua boca.

– Vá embora, Megami. Me deixa em paz.

Ele disse isso e enfiou as mãos nos bolsos, caminhando com os ombros curvos e derrotados.

E agora Megan estava naquele carro, infeliz e sozinha, sentindo--se mais vazia do que nunca. A janela vibrava, mas ela não se importava. Tentava ignorar as palavras duras de Megami, o desprezo em sua voz, o deboche. Só queria que ela calasse a boca de uma vez. Ela poderia assumir o controle quando bem quisesse, pouco importava para Megan. Sentia-se fraca, desolada e perdida; Megami, porém, não tentara sequer uma única vez tomar seu lugar. Pelo contrário, ela se manteve ali, na superfície, provocando-a só para se divertir. Parecia estar feliz por ver Megan arrasada e deixá-la ficar no comando era mais uma maneira de lembrá-la que ela não era nada ali.

Megan pagou o táxi com o dinheiro roubado de Megami, mas aquilo pouco importava agora. Ela se arrastou até o prédio e quando finalmente se viu sozinha no elevador, encarou o próprio reflexo no espelho e perguntou:

– Por que você tá fazendo isso comigo?

Os olhos frios de Megami substituíram os seus na imagem refletida.

Eu só estou vivendo minha vida, Megan. Essa ainda *é a minha vida, esqueceu?*

– Você só está fazendo isso pra se divertir. Não percebe que está magoando o Daniel? Ele não merece isso. Ele não tem culpa do que está acontecendo, ele não é parte do seu jogo. E ele deveria ser seu amigo também.

Aquilo pareceu afetar Megami de alguma maneira, pois a imagem bufou e desviou os olhos por um instante. No entanto, quando voltou a encarar Megan, a garota percebeu os olhos injetados da outra, a determinação perigosa e aterrorizante em sua expressão.

Essa é a minha *vida, Megan. Mas você sabe... ela pode ser sua. É só você me dar sua vida em troca.*

O elevador parou e um som seco indicou que tinham alcançado o décimo segundo andar. Megan deu as costas a Megami e saiu, tentando deixar aquela imagem para trás.

Mesmo que fosse algo impossível.

*

Quando Megan abriu a porta, o apartamento estava vazio e tão mortalmente silencioso que ela sentiu um arrepio. Caminhou até seu quarto – *o quarto de Megami* – e espiou por uma fresta da porta. Mina estava lá, dormindo. A outra Mina.

Ela encostou a porta devagar para não fazer barulho. Não tinha a mínima intenção de dormir.

O que ela queria mesmo era fugir.

Fugir daquela casa, daquele mundo, daquela vida. Fugir da voz de Megami em sua cabeça.

Ela abriu uma fresta da porta do quarto dos pais. Sua mãe, que na verdade não era sua, também estava dormindo. Mas o lado da cama onde seu pai dormia estava vazio.

Típico, disse Megami.

– Onde ele está? – Megan sussurrou sem realmente pensar. Não era uma pergunta para Megami, mas ela respondeu mesmo assim.

Nem queira saber.

Megan se esgueirou para dentro do quarto, silenciosa como Alanis faria. Ela tentou não olhar para a mãe. Adormecida daquela maneira, sem o olhar de decepção e mágoa, ela era igualzinha à sua. Megan não queria fraquejar, portanto se forçou a olhar para o espelho. Do outro lado aquela cama estaria vazia. Não haveria uma mãe esperando.

Então fique aqui. E eu vou embora.

– Não. – Megan sussurrou duramente. Ela jamais se sentira tão confiante, tão resoluta em seus sentimentos. Sentia algo pulsando dentro de si, um desejo firme, claro, e fora Megami que o causara. Ela e sua estúpida revanche. Megan não aceitaria mais aqueles jogos. Ela tinha que ser mais forte. – Você vai ficar aqui, Megami.

É claro que não vou. Eu vou com você, sua idiota.

O tom debochado e confiante de Megami inflou Megan com ainda mais adrenalina e força de vontade, se é que isso era possível.

– Adeus, Megami – disse Megan, tocando a superfície fria do espelho, que se transformou em um líquido translúcido como água, mas ao mesmo tempo prateado e brilhante.

Ela sentiu um puxão no estômago e as unhas compridas de Megami arranhando seus pés, mas era tarde demais. Ela se soltou e nadou para o outro lado, observando o rosto furioso de Megami ficar para trás, como uma sereia maligna.

*

Megan sentiu um tranco forte e um aperto no peito quando cruzou o espelho. Era como se de repente tivessem tirado o chão sob seus pés. Ela perdeu o ar, desequilibrou-se e caiu de costas, aterrissando no piso duro de madeira. Suas mãos ficaram instantaneamente vermelhas e adormecidas após amortecerem a queda. Ela puxou o ar com força, tentando respirar, e depois de alguns segundos aterrorizantes, finalmente encontrou-o, sentindo os pulmões arderem.

A primeira coisa que se deu conta era de que sua cabeça estava explodindo em dor. Ela via faíscas brilhantes na frente dos olhos e sentiu-se tão tonta que pensou que iria vomitar. Respirando com dificuldade, como se tivesse acabado de correr uma maratona, olhou para o espelho.

E viu Megami.

Mas ela estava *presa* do outro lado. Gritava e batia no vidro, desesperada e furiosa. Megan poderia gargalhar de alívio, não fosse a dor que a derrubava. Tinha dado certo. Ela estava livre.

– Megan?! – alguém chamou. Ela reconheceu a voz do pai e desviou rapidamente os olhos do espelho. – Filha, o que foi esse barulho?

Renato abriu a porta do quarto ao mesmo tempo em que Megan estava se levantando. Ela não conseguiu evitar segurar as costas, que ainda estavam doloridas. As mãos ardiam, mas ela fez o possível para ocultá-las.

– O que houve, filha? – Renato perguntou preocupado, adiantando-se para ela e tocando-lhe de leve nos braços. – Que barulho foi esse? Você caiu?

E agora? O que diria? Tentou não se denunciar, não olhar para o espelho, mas seus olhos insistiam em correr para lá. O pai olhou para o espelho também, e Megan viu o rosto de Renato refletido ao lado de uma furiosa Megami por apenas um instante. E, em seguida, a imagem do seu pai sumiu do espelho.

Simplesmente desapareceu.

Como assim a sua imagem podia sumir daquele jeito? Ele também existia do outro lado!

Megan sentiu as mãos suando de nervoso, o que pareceu aumentar a ardência. Seu pai não podia descobrir que o mesmo que ocorrera com sua mãe estava acontecendo com Megan, não podia...

– Eu vi uma barata! – disse a primeira coisa que veio à sua cabeça, e parecia ainda mais estúpido quando dito em voz alta. – Tentei pegá-la e acabei me desequilibrando e... sou uma desastrada, pai, desculpe.

Renato ficou em silêncio por alguns instantes, atordoado. Ele ainda fitou de rabo de olho o espelho e só então se voltou para Megan novamente.

– Podia ter me chamado, Megan... Você se machucou?

– Não – a garota se apressou a mentir, ignorando a ardência nas mãos, os quadris doloridos e a enxaqueca. Ela nem tinha uma explicação racional para aquilo, apenas sabia que não deveria contar a ele, que não queria colocar mais uma preocupação em sua cabeça. – Tá tudo, pai, sério, só fui meio idiota mesmo.

Ele finalmente soltou seus braços. Tocou por um instante o rosto da filha, acariciando-a e sorrindo, e então deixou os braços caírem ao lado do corpo, exausto. Olhou ao redor, para as caixas e objetos de Marina.

– Preciso tirar essas coisas daqui. Chamar alguma instituição de caridade, sei lá... Se ficar demorando muito vou acabar perdendo a coragem de doar essas coisas.

Megan também olhou para a cama abarrotada de caixas. Observou com tristeza o lado esquerdo. Era como se ainda visse sua mãe ali, deitada, apenas dormindo.

Ela tinha que parar de pensar naquilo. Tinha voltado para o seu mundo, o seu lugar. Era assim que as coisas eram desse lado, não havia como alterar a história.

– Bem, deixa pra lá... A gente resolve isso depois da sua consulta – disse Renato, distraído, mas Megan sentiu o estômago afundar ao se lembrar daquilo. O pai se virou para a filha, sorrindo, e ela se deu conta de que sentia saudades dele quando estava do outro lado. – Já que ambos estamos acordados, que tal um chocolate quente?

A garota sorriu, assentindo. Talvez uma bebida quente melhorasse sua cabeça e aquietasse seu espírito. Antes de sair do quarto, seguindo o pai, ela olhou para o espelho uma última vez e viu de relance os punhos fechados e o rosto furioso de Megami do outro lado.

Ela ainda estava lá, sempre estaria. Em todos os espelhos, em todos os reflexos, Megami estaria do outro lado, apenas esperando.

Megan sentiu um arrepio. Aquilo não tinha terminado.

agradecimentos

Todo mundo pensa que escritor trabalha sozinho, mas isso está bem longe de ser verdade, gente! Por exemplo, eu nunca escrevo sem a minha gatinha e uma xícara de café (ou de chá). Mas, além desses companheiros, existem várias outras pessoas que tornaram *Inverso* possível, e esse livro não estaria em suas mãos se não fosse por elas.

Melissa de Sá e Nivia Fernandes, sempre, sempre, as duas primeiríssimas leitoras de tudo que faço. Só depois da leitura e das dicas delas é que me sinto confiante para enviar um texto, seja para onde for. Vocês são maravilhosas, meninas!

Ana Lúcia Merege, que enriqueceu esse livro com sua experiência e seu carinho, e é uma das minhas fadas madrinhas. Obrigada!

Eduardo Kasse e Erick Sama. Eduardo, por sua amizade inestimável, super parceiro de todas as horas, um dos caras mais bacanas que já conheci, escritor genial. Erick, por sempre confiar em meu trabalho, pela oportunidade de publicar, pela capa linda que fez!

Às queridas Fabiana Madruga, Lucivânia Façanha, Elaine Souza, Alessandra Gilos e Adriana Henrique que leram *Inverso* antes do lançamento e escreveram suas impressões sobre o livro para a divulgação.

A todos os blogueiros, leitores, amigos e colegas escritores que leram meus outros trabalhos antes desse e sempre, sempre me ajudam com suas palavras, seu incentivo e sua divulgação. Não cabe aqui o quanto quero e preciso agradecê-los, pessoal!

Ao meu companheiro de vida, Felipe, por me fazer feliz todos os dias, por seu amor e carinho infinitos, e especialmente pela paciência ao me ouvir falar de ideias, textos e encher a casa de livros (sério, não tem mais espaço!).

À minha família, que sem eles eu não estaria aqui e esse livro não existiria. Minha mãe, tantas saudades. Meu pai, meu melhor amigo. Minha irmã, amiga pra sempre.

E a você, leitor, que está aí do outro lado. Muito obrigada!

Este livro foi impresso em papel pólen bold na
Renovagraf em maio de 2015.